KB017126

일상이 고고학
나 혼자 백제 여행

※ 일러두기
이 책에 게재된 유물은 한성백제박물관, 국립공주박물관, 국립부여박물관, 국립전주박물관,
정림사지박물관, 국립익산박물관 소장품입니다.

일상이 고고학

나 혼자 백제 여행

황윤 역사 여행 에세이

책읽는고양이

백제금동대향로.
국립부여박물관.
© Park Jongmoo

프롤로그

비교적 최근인 1971년, 공주에서 무령왕릉이 발견되어 찬란한 백제 시대의 물건을 직접 눈으로 확인할 수 있게 되었다. 1993년에는 부여에서 국보 287호로 지정된 백제금동대향로가 발견되어 놀라운 수준의 백제 실력을 느낄 수 있게 되었다. 이들은 다름 아닌 동시대 신라 유물과 비교했을 때 질과 완성도 면에서 몇 단계 위였다. 이런 고급 물건을 제작하고 사용한 나라라면 당연히 수준이 높았음이 분명할 것이다.

뿐만 아니라 근래 들어 한성백제 및 여러 백제 유적지에 대한 조사, 백제 고분에 대한 조사의 결과물이 속속 등장하면서 이제는 자료가 풍족한 신라만큼 백제 역시 실체적 모습을 충분히 그려낼 수 있는 단계에 이르렀다. 이제야 백제를 제대로 파악할 수 있는 시간이 열린 것이다.

그런데 그 실체적 모습을 반드시 전문가라야만 그려낼 수 있는 것은 아니다. 백제 수도가 있었던 곳을 따라 서울에 위치한 한성백제박물관, 공주에 위치한 국립공주박물관, 부여에 위치한 국립부여박물관, 익산에 위치한 국립익산박물관, 그리고 각 지역에 산재된 유적지를 쭉 방문하다보면 누구나 쉽게 백제를 읽어낼 수 있기 때문이다. 이는 21세기 들어와 한국 박물관과 유적지의 설명 방법 및 구성이 방문객에게 친화적으로 바뀌면서 과거에 비해 설득력 있는 공간이 되었기에 가능한 일이기도 하다.

이런 일화가 생각난다. 오래 전 아는 사람이 영국에 유학한 적이 있는데, 도시 외곽의 과수원집에서 살았다. 그런데 농부인 주인 할아버지는 매주말마다 빠짐없이 런던을 왔다 갔다 하더란다. 왜 그리 자주 가시는지 궁금해서 여쭤보니, 주말마다 이집트 상형 문자를 공부하러 박물관에 가는 김에 같은 취미를 가진 사람들과 모임도 갖는다고 하신다. 그 이야기를 전해 들은 나는 깜짝 놀랐고 몹시 부러워

했던 기억이 난다. 영국에서는 일반 대중들도 역사와 문화에 대해 깊은 수준까지 이해하고 즐기는 문화가 있다는 의미니까.

어느덧 세월이 흘러 한국도 박물관 문화가 발달되어 잘 구비되었고, 이집트까지는 아니어도 적어도 한국 문화와 역사에 대해서는 국내 박물관과 유적지만 방문해도 깊고 충분한 이해가 가능해졌다. 이 책이 바로 그 증거이기도 하다.

그럼 지금부터 백제 여행을 함께 떠나보기로 하자. 하루는 서울의 한성백제, 또 부여, 공주, 익산의 백제는 하루 또는 일박이일로 훌쩍 여행해보자.

차례

프롤로그 — 5

1. 한성백제를 찾아서
풍납토성 / 경당역사문화공원 /풍납백제문화공원

빌라 아래 백제 왕국이 있다 — 15

백제 초기의 성과 건물은 어떻게 생겼나 — 25

삼국사기보다 일본서기에 더 잘 묘사된 근초고왕
— 35

고급 문화를 이룬 백제의 비하인드 스토리 — 40

2. 한성백제박물관
몽촌역사관 / 한성백제박물관

몽촌역사관에서 백제의 민가를 확인한다 — 49

성을 쌓아올리는 기술 — 56

백제가 이웃 나라에 하사한 물건들 — 61

한성백제 최고의 아이템, 금동관과 금동신발
— 68

3. 서울에도 고분군이 있네
방이동 고분 / 석촌동 고분

불구대천의 원수가 된 백제와 고구려 —— 79

방이동 고분은 백제, 신라 누구의 것인가 —— 83

83세 장수왕이 백제와의 전쟁을 직접 지휘한 까닭
—— 91

290기 중 8기만 남기고 사라져버린 석촌동 고분
—— 95

4. 무령왕릉
수촌리 고분 / 송산리 고분 / 국립공주박물관

수촌리 고분에서 발굴된 유물의 의미—— 109

무령왕 내외가 사후 27개월 뒤에 합장한 까닭
—— 113

무령왕 이전 무려 세 명의 왕이 암살되었다—— 125

유일하게 임무를 다한 무령왕릉의 진묘수 —— 129

무령왕은 천수를 다했을까 —— 134

5. 부여로 가자
쌍북리 유적 / 관북리 유적 / 국립부여박물관

대통사는 실존하는 최초의 사찰이다 —— 141

왜 이곳에 사찰이 지어진 것일까 —— 145

공주에서 부여로 천도한 까닭은 —— 148

주춧돌 등장! 기와로 수를 놓은 관북리 유적
—— 152

한강 수복했다가 다시 빼앗기는 성왕 —— 157

인생에 한 번은 꼭 만나야 하는 백제금동대향로
—— 163

6. 정림사지
쌍북리 요지 / 정림사지 5층 석탑

부여에서 1박 —— 173

여전히 비밀이 많은 국보, 정림사지 5층 석탑
—— 177

정림사지 가는 길에 있는 백제 가마터 —— 183

석탑, 혁명적인 디자인 —— 189

7. 익산의 백제

미륵사 / 왕궁리 5층 석탑

유네스코 백제역사유적지구 ─── 207

서동요의 주인공, 무왕과 익산 미륵사 ─── 212

미륵사지 석탑의 위용 ─── 219

왕궁리 유적의 신묘한 이야기 ─── 233

백제 탑 안에 통일신라 불상이 어떻게 들어 있나
─── 239

에필로그
백제는 우리에게 어떤 나라였을까 ─── 247

참고문헌 ─── 252

찾아보기 ─── 253

1. 한성백제를 찾아서

백제 석촌동 고분과 잠실 롯데타워. © Kim Hyunjung

빌라 아래 백제 왕국이 있다

풍납토성

　　서울 시내를 한나절 발걸음으로 돌다보니, 어느
새 해가 지며 저녁이다. 이윽고 하나 둘 전기의 힘
으로 조명등이 켜지기 시작하고 이곳에는 과거와
현대가 함께하는 보기 드문 구경거리가 만들어진
다. 바로 3~5세기에 만들어진 백제 석촌동 고분과
2016년 준공된 잠실 롯데 타워가 그것이다. 554m의
높은 롯데 빌딩에 야간 조명이 켜지자 때맞추어 백
제 고분군에 설치된 야간 조명도 함께 켜지며 당대
한반도 토목 기술의 결정체가 무려 1600년 역사를
건너 빛으로 하나가 된 장면. 이 모습을 보자 오래
걸으면서 피곤했던 나의 오늘 하루 감정도 풀리는
듯하다.

그런데 어쩌다 여기까지 오게 된 것일까? 다시 오전으로 시간을 돌려보자. 안양 집에서 새벽부터 원고 작업을 하다 글이 계속 안 풀려 늦은 아침 겸 점심을 먹고 스트레스를 풀기 위해 무작정 밖을 나왔다. 결국 집 앞 버스 정류장에 가서 아무 버스나 기다려보기로 한다. 사당으로 가는 버스가 오면 이걸 타고 국립중앙박물관을 가는 거고, 잠실 버스가 오면 이걸 타고 한성백제박물관에 가는 거다. 사람마다 다르겠지만 스트레스 푸는 데 나는 박물관 구경만한 것이 없더군. 이렇게 결심하고 기다리니 오늘은 잠실 버스가 먼저 오는 것이 아닌가? 그래 오늘 인연은 백제인가보다.

　버스를 타고 1시간 20분 정도 가니까 잠실운동장에 도착한다. 엉덩이가 아플 정도로 조금 지루한 여행이다. 1시간 20분이면 시외버스를 타면 천안에 도착할 시간인데, 시내버스 의자는 시외버스만큼 편한 것이 아니니 몸의 부담은 더 크다. 이렇듯 안양에서 서울 잠실까지 종종 시내버스로 가다보면 보통 일이 아니라고 여겨지곤 한다. 출퇴근으로 매일 이 거리를 버스로 다니는 사람은 정말 힘들겠지? 여하튼 바깥 구경 때문에 지하철보다 버스를 선호하는 나는 다시 한 번 다음 버스를 기다렸다. 마침 풍납토성으로 가는 버스가 바로 오는군. 사실 뚜렷한

계획 없이 스트레스를 풀러 나온 여행이므로 몸을 운에 맡기고 풍납토성부터 가기로 한다.

이처럼 첫 시작은 별 계획 없이 시작된 여행인데, 도는 김에 서울 쪽 백제 유적지를 쭉 돌아보기로 맘을 먹으면서 그 뒤로 6시간 가량의 백제 유적지 여행이 되고 말았다. 지금부터 오늘 내 몸이 움직였던 과정에 따라 하나하나씩 구경한 길을 따라 가보고자 한다. 기억을 더듬어 이야기하다보니 상세한 설명 없이 빠지는 내용이 있을지도 모르겠다만. 한 번 가볼까.

풍납토성은 잠실운동장에서 금방이다. 천호역 10번 출구에서 조금 걸어가면 된다. 가다보면 풀로 덮인 나지막한 언덕이 보이는데, 풍납토성이다. 그 옛날 백제 왕궁이 있었던 곳이기도 하다. 빠른 걸음으로 안으로 이동한다.

풍납토성은 풍납(風納)이라는 한자를 가지고 있지만, 당연히 백제 시대부터 내려온 지명은 아니고 '바람드리'라 불리던 과거 마을 이름에서 한자를 따와 근대에 지어진 것이다.

일제 강점기 시절인 1925년, 홍수로 성벽이 무너지며 이곳에서 큰 항아리가 발견되었다. 그 안에 청동기로 만들어진 중국 고대 물건, 금으로 만든 고리,

풍납토성. 천호역 10번 출구에서 조금 걸어가면 보이는 풀로 덮인 나지
막한 언덕이다. ⓒ Kim Hyunjung

허리띠 금장식이 들어 있었으니 무언가 중요한 역사가 숨어 있는 장소임이 분명해진다. 물론 조선 시대에도 이곳을 성의 흔적이라 여기기는 했었다. '대동여지도'를 만든 김정호의 경우 풍납토성을 "고산성(古山城)"이라 표기하여 옛날에 지어진 성이라 해두었으니 말이다. 하지만 그 이상의 구체적 이야기는 별로 전해지지 않고 있었는데, 뜻하지 않게 유물이 등장하면서 근현대 들어와 다양한 주장이 만들어지기 시작한 것이다.

1980년대까지 일반적 인식은 올림픽공원 내 몽촌토성을 더 중요시 여겼다. 백제의 한성 시대 수도인 위례성이 몽촌토성이라는, 사학계 교수들의 주장이 강했기 때문이다. 이에 몽촌토성은 80년대 올림픽공원으로 주변이 지정되면서 난개발을 막고 보존시킬 수 있었는데, 그런 방어막이 약했던 풍납토성에는 아파트와 빌라가 잔뜩 들어오게 된다. 80년대 열풍 같은 강남 개발 시기, 논밭이었던 강남이 개발 압력을 받을 때 정부가 취한 상반된 행동으로 인해 두 토성의 운명은 이렇게 바뀐다. 그 결과 풍납토성에는 옛 성터 안으로 건물들이 가득 들어찬 이후에야 유적 보전 문제가 크게 불거지며 고민에 빠지고 말았다. 90년대 이후 뒤늦게 풍납토성 내 재건축 등으로 땅이 빌 때마다 조사해보니 유물이 몽촌토성과 비교도 되지 않을 정도로 쏟아져 나오는 것이 아닌가?

이에 유적 보호를 위하여 문화재청과 서울시가 7대 3으로 예산을 부담해 토성 내 주택을 하나씩 하나씩 사고 있는 중이다. 특히 2014년 이후에는 획기적으로 돈을 늘려 500억 원의 예산을 들여 토성 내 주택을 사들이기로 하였다. 그러나 500억 원이 큰돈이긴 하나 그럼에도 그 비싼 서울 땅을 살 수 있는 수치로는 한 줌밖에 되지 않는 수준이니, 내부 토지를 전부 살려면 40~50년이 걸린다는 절망적 통계가 나온다.

50년이면 정책이 언제 또 바뀔지도 모르고 사실상 영원에 가까운 기간이었는데, 2015년 어느 날 서울특별시장이 "꿈에서 백제 왕을 만났다"며 풍납토성을 더 적극적으로 조사, 발굴하여 유네스코 문화유산으로 등재시키겠다고 페이스북에 글을 올렸다. 흥미롭게도 공주, 부여, 익산 백제 유적이 유네스코에 등재될 때 서울은 백제 유적이 있음에도 빠졌는데, 다 이유가 있는 거겠지. 그 뒤로 예산도 대폭 늘어나서 2019년 기준으로 풍납토성 토지 매입 비용 등으로 901억 원 수준까지 예산이 만들어진다. 그럼에도 40~50년이던 매입 기간이 20년 수준으로 줄어든 것일 뿐, 여전히 완전한 복원, 발굴은 먼 미래의

유적 보호를 위하여 문화재청과 서울시가 7대 3으로 예산을 부담해 토성 내 주택을 하나씩 하나씩 사고 있는 중이다. ⓒ Kim Hyunjung

일이라 하겠다.

상황이 이러하니 토성 내에 사는 주민 4만 명은 자신의 재산권이 침해받는다며 분노했다. 오죽하면 재건축 부지가 발굴 조사로 사업 자체가 쉽지 않아지자 재건축 관련된 사람들이 적극 방해하는 일까지 벌어졌다. 가장 유명한 사건은 2000년, 재건축 조합원들이 굴착기를 동원하여 백제 유물이 출토된 구덩이를 파괴한 일이다. 유물이 나왔을 때 문화재청은 법에 따라 "종합 보존 대책이 나올 때까지 재건축을 보전한다."라고 할 뿐 행동은 공무원 특유의 느릿느릿이었다. 반면 주택 조합원들은 기약 없는 공사 지연과 그로 인한 이자 부담으로 끙끙 앓았으니, 개인의 고통을 무시하면서 벌어진 참극이었다.

거기다 주민들은 풍납토성이 그다지 중요한 백제 유적지가 아니라는 토론회를 개최하여 그 주장에 맞는 학자를 부른다든지, 다양한 방법으로 주민 재산권에 대한 주장을 펼치고 있다. 하지만 2010년대 중후반 들어 정부와 서울시의 적극적 개입으로 주민 이주와 유적 보존이 더 빠르게 이어질 계획이므로, 일부 주민들은 상황을 어느 정도 현실적으로 인식하고 서서히 이사를 나가고 있다고 한다.

결국 풍납토성은 초반에 어떻게 문화재를 관리하느냐에 따라 사회적 비용과 시간이 얼마나 달라지는지를 보여주는 중요한 예시가 된 듯하다. 지금까지 토지 매입으로 투입된 예산만 6000억 원이고 앞으로 수조가 더 필요하다 하니 더욱 아쉽게 느껴진다고나 할까? 여하튼 이런저런 이야기를 생각하며 걷다보니 어느새 도착. 오랜 만에 토성 구경부터 해보기로 하자.

백제 초기의 성과 건물은 어떻게 생겼나

경당역사문화공원

그 나라에 무슨 일이 있거나 관가에서 성곽을 쌓게 되면 나이가 어리고 용감하고 튼튼한 자들이 모두 등가죽을 뚫고 큰 줄을 꿰고 한 길 남짓한 나무막대를 매달고 온종일 소리를 지르며 일을 하는데 아파하지 않는다. 그렇게 작업하라고 권하며 또 이를 씩씩하다고 여긴다.

삼국지 위서(魏書) 동이전에 있는 기록으로, 3세기 후반 한반도에서 지어지던 어떤 성 축조를 중국인이 보고 남긴 글이다. 풍납토성이 만들어질 때가 바로 이 시기쯤이니 묘하게 다가오는 문장이다. 그럼 이처럼 당대 씩씩한 젊은이들이 땀을 흘리며 만든 곳을 방문할 때 가져야 할 마음가짐에 대해 살펴보자.

첫째, 우선 풍납토성에 큰 기대를 하지 않고 방문하는 자세가 중요하다. 예를 들어 수원성과 같이 돌로 잘 구성된 조선 시대 성곽 도시를 생각하고 왔다가는, 예상 외로 볼 것이 없어 실망할 수 있다. 눈에 보이는 무언가는 야트막한 언덕 같은 것뿐인데, 이것이 백제 토성이라니…. 남은 길이도 불과 2.7km에 불과하다. 하지만 발굴 조사에 의하면 백제 시대에는 둘레 4km에 높이 10m에 다다르는 토성이었다고 한다. 이것이 세월에 의해 조금씩 윗부분부터 깎아내려진 데다 오랜 세월 동안 퇴적물이 4m 정도 쌓여 땅을 파고 들어가야 삼국 시대 지반이 나오는 것까지 감안한다면 단순히 낮은 언덕이라 치부할 수 없어 보인다. 참고로 18세기에 만들어진 수원성은 높이 5m 수준이라는 사실을 감안한다면 결코 무시할 수 없는 규모다.

두 번째, 풍납토성에 오면 상상력으로 주변을 살펴보는 눈이 필요하다. 풍납토성 제작 시기에 대해 기원전 1세기부터 4세기 전반까지, 학자들마다 주장하는 시기가 크게 차이가 난다. 이와 같은 결과는 성에서 발견된 토기의 연대를 바탕으로 추정한 것으로, 도시 규모가 커지면서 성벽도 위치에 따라 제작된 시기가 차이가 나며 증축도 있었기에, 결국 완전한 모습을 갖춘 것은 3세기 중후반부터 4세기 무렵이라 보고 있다. 백제를 대표하는 근초고왕이 4세기 중 30년 간 왕위(346~375년)에 있었으니 당시에는 위풍당당한 모습을 보였을 테다. 이처럼 주변 아파트와 주택을 머리에서 지우고 10m 높이의 토성이 4km 정도 둘러싼 모습을 상상해낸다면 백제 시대 모습이 그려질 수 있다. 참고로 수원 화성이 둘레 5.7km이다. 면적상 수원 화성의 70% 수준이 풍납토성인 것이다.

세 번째, 지금의 기준이 아닌 과거의 기준으로 이곳을 비교할 필요가 있다. 풍납토성은 한반도에 남아 있는 가장 큰 규모의 토성 유적이다. 즉 흙으로 만든 성으로 최대 규모라는 의미다. 이는 당대 한반도 내 가장 큰 도시였던 평양과 비교해도 더 큰 크기였다. 313년까지 평양에는 낙랑이라 불리는 중국 한나라 군현이 있었는데, 낙랑의 중심지가 낙랑토성이었다. 당연히 낙랑군이 존재하는 동안에 낙랑토성은 한반도 최고 도시로 군림했고, 이곳의 문화 수준은 대단히 높았다. 하지만 313년, 고구려 미천왕이 드디어 낙랑군을 한반도 밖으로 쫓아내면서 그 명성은 사라진다. 그런데 때마침 한강 이남의 백제가 낙랑토성 이상 규모의 거대한 성을 만들었으니, 이는 동시대 삼국 수도인 고구려 국내성, 신라 월성과 비교해도 훨씬 더 큰 규모였다. 즉 과거 삼국 시대 초반 기준으로 볼 때 풍납토성은 손에 꼽히는 규모의 도시였음을 알 수 있다.

이처럼 백제 시대 눈으로 이곳을 살펴보면 실망은커녕 만만치 않은 장소임을 깨닫게 된다. 다만 토성은 그렇다 치더라도 토성 안쪽으로 눈에 보이는 것이라고는 아파트, 빌라뿐인 건 어떻게 한단 말인가? 조금 더 과거의 모습을 잘 상상할 수 있도록 우선 경당지구로 가보자. 이곳은 성 내부로 들어와 주택가를 쭉 지나 토성 중심부쯤으로 가면 된다. 서울 풍납초등학교에서 서쪽으로 조금 걸어가면 '경당 역사문화공원'이라는 작은 공원에 도착한다. 한성 백제의 비밀을 엄청나게 풀어준 한국 고고학의 성지이기도 하다.

여기서는 특히 창고, 사당, 부속 건물, 우물 등 왕궁 건물의 일부로 추정되는 자리가 발견되었는데, 이중 사당은 《삼국사기》 기록에 종종 등장하는 '동명왕묘'로 보여진다. 《삼국사기》에 따르면 백제 왕들은 시조인 동명왕을 모시는 종묘를 만들어놓고 제사를 지냈다. 그런데 경당지구에서 발견된 사당 자리는 위에서 내려다봤을 때 여(呂) 자 모양으로 당시 건축 수준으로는 나름 대형 건물이다. 남쪽 전실은 동서 5m 남북 6m에 이르며, 북쪽 후실은 동서

경당역사문화공원. 창고, 사당, 부속 건물, 우물 등 왕궁 건물의 일부로 추정되는 자리가 발견되었다. ⓒ Kim Hyunjung

18m, 남북 18m에 이른다. 그리고 건물 내외부 형태에 따라 도랑을 폭 1.5m, 깊이 1.2m로 판 뒤 그 바닥에는 판석을 깔았다. 그리고 판석 위에는 고운 숯을 채워놓아 엄숙한 분위기를 만들었다. 아마 당시 이 건물에 대한 백제인들의 느낌은 조선 왕의 신위를 모신 종묘와 비슷하게 다가왔을 것이다. 조사를 바탕으로 해당 건물터를 재현해본 결과 기와를 거의

쓰지 않은 건물로 추정되는데, 이 역시 한성백제 시대 건물 양식을 보여준다.

그렇다면 한성백제 시대에는 건물에 기와를 아예 쓰지 않았던 것일까? 그것은 아니다. 성 안에서 기와가 어느 정도 출토되었기에 분명 기와를 썼음을 알 수 있다. 다만 당시 일반적 주택은 우리가 알고 있는 한옥 형태가 아니라 땅을 0.5~1m 정도 깊이로 집 형태로 판 후 이를 평평하게 다진 다음 여러 개의 기둥을 박아 올려서 벽체로 감싼 모습이었다. 이는 신석기 시대 움집에서 조금 더 발전한 형태로 여전히 흙을 바닥으로 사용한 집이다. 즉 바닥 습기를 막을 수가 없는 집이라 하겠다. 고급 주택이나 공공 건물의 경우에는 전체 지붕을 기와로 장식한 것이 아닌 초가 지붕과 기와 지붕을 함께 쓰는 방식을 사용한 것으로 보인다. 참고로 기록에 따르면 가야의 초대 왕인 김수로 왕의 경우에도 흙으로 만든 계단 위에 초가로 지붕을 세운 궁에서 지냈다고 하니, 삼국 시대 초기의 모습은 이렇게 다들 소박했던 모양이다.

이런 지붕 방식은 현재 한국에서는 볼 수 없으나 일본에는 여전히 남아 있다. 처마인 지붕 아래 부분은 기와로 하고, 지붕 중앙 및 머리 부분은 초가로 올린 형태로 야마토부끼(大和葺)라 불린다. 이는 한반도, 특히 백제로부터 영향을 받아 지금까지 전통처럼 전해져 내려오는 지붕 방식이다. 한성백제 시대에는 초가와 기와가 함께하는 건물이 나름 고급 건물로 자리잡고 있었음을 알 수 있다.

주춧돌은 아니지만 강돌과 흙을 배합하여 기반을 더 단단히 만든 후 그 위에 기둥을 올린 건물도 소수지만 풍납토성에서 발견되었다. 경당역사문화공원에서 서쪽으로 조금 더 가면 '풍납백제문화공원'이 나오는데, 이 곳에 있는 건물로 4~5세기에 만들어진 공공 건물로 추정하며, 면적이 꽤 넓다. 정면 8칸 측면 5칸, 총 40칸으로 동서 21m, 남북 11m 크기다. 뿐만 아니라 이 건물의 4분의 3 면적인 정면 7칸 측면 4칸, 총 28칸 건물이 바로 옆에 하나 더 자리잡고 있다. 참고로 경복궁 경회루가 정면 7칸에 측면 5칸으로 35칸이긴 한데, 한 칸의 길이가 건물마다 각기 다르니 딱 맞아떨어지지는 않지만 대충 경회루 급 건물이 들어서 있었다고 보면 될 듯하다. 물론 경회루가 훨씬 커서 34 X 28m이니, 가만 보니 두 건물을 합쳐야 경회루랑 비슷한 면적이 되겠구나.

이처럼 돌을 배합하여 더 단단하게 기반을 만들고, 그 위에 기둥을 세우면 더 튼튼하게 건물을 올릴 수가 있다. 이는 곧 더 무겁고 단단한 기와 지붕도 올릴 수 있다는 이야기다. 기와로 지붕을 올리면 보기에도 웅장하지만 비가 새거나 벌레가 생기는 일

풍납백제문화공원에서 볼 수 있는 건물 터. 4~5세기에 만들어진 공공 건물로 추정하며, 면적이 꽤 넓다. ⓒ Kim Hyunjung

도 적어지며, 무엇보다 화재가 발생해도 삽시간에 불타는 초가에 비해 어느 정도 방어가 된다. 즉 더 발전된 형태의 건축이다. 그렇다면 해당 건물은 어떤 모습이었을까? 정확히 알 수는 없지만 일본 나라의 정창원(正倉院)처럼 나무 기둥으로 지면 위에 공간을 띄운 뒤 그 위에다 건물을 올린 형식은 분명해 보인다. 이런 형태의 건물은 바닥 습기를 피할 수 있기에 의외로 고대에 많이 지어진 유형이었다. 물론 지면과 붙어 있는 집에 비해 쥐, 곤충으로부터도 방어가 용이하다. 그렇다면 이 장소는 혹시 창고가 아니었을까?

이처럼 아직 왕궁은 발견되지 않았지만 여러 발굴 성과로 인해 이곳에서는 다양한 건물 모습을 볼 수 있다. 특히 시일의 경과에 따른 건축 기술의 발전 모습도 보인다. 현재 대략 왕궁 위치는 추정되고 있는데, 해당 장소에 아직 민가가 있기 때문에 조사하려면 꽤 많은 시일이 지나야 가능할 듯하다. 다만 발전된 형태의 공공 건물이 보이는 이상 중앙에 위치한 왕궁은 주춧돌까지는 아니어도 초석과 기와가 더욱 적극적으로 활용된 건물임에는 틀림없을 것이다.

성 내부에 위치한 경당역사문화공원과 풍납백제문화공원을 방문하여 건물 내부 형태까지 어느 정도 상상이 가능해졌으니, 이제 성 전체의 모습을 눈

감고 그려보자. 10m 높이의 토성에 둘러싸여 있고, 그 안으로는 중심부에 왕궁 건물이 존재하였으며, 성 내 고급 건물에는 기와와 초가가 함께 쓰여 그 격을 올린 형태이다. 물론 최고급 왕실 건물에는 완전한 기와 건물이 올라갔을 가능성이 있지만, 이 부분까지의 상상은 토지 매입이 완전히 끝나고 새로운 발굴 조사가 마무리된 이후에 하도록 하자. 여기까지 머리에 그려냈다면 당시 한성백제와 가장 가까운 모습까지 다가선 것이다.

그러나 여기까지 왔는데도 상상이 잘 되지 않는 분들이 분명 계실 것이다. 그렇다면 직접 경험이 필요하다. 당시 백제 건물 형태가 궁금한 분은 부여에 있는 '백제문화단지'를 방문하여 위례성 복원 구역을 가보도록 하자. 초가로 가득한 그곳에서 지금껏 사극에서 보았던 건물 느낌과는 딴판인 백제 모습을 보면 신선한 충격으로 다가올지 모르겠다.

삼국사기보다 일본서기에 더 잘 묘사된 근초고왕

갑자기 한 생각이 떠오른다. 대중들이 백제 하면 처음 떠오르는 이미지가 뭘까? 아무래도 여러 문물을 중개하고 더 나아가 선진 문화를 발전시켜 가야, 신라, 일본 등지로 퍼트린 국가일 듯하다. 그런데 그 이미지를 백제에서 완성도 있게 첫선을 보인 왕이 다름 아닌 근초고왕이었다. 그에 대해 잠시 살펴볼까?

근초고왕(재위 346~375년)은 백제 전성기를 대표하는 왕이다. 한국사 공부를 할 때도 4세기 백제 전성기 부분을 공부하면 반드시 근초고왕을 지날 수밖에 없다. 덕분에 대중적인 유명세로는 백제 왕 중에 마지막 의자왕과 더불어 단연 첫 손가락에 꼽

힐 것이다. 그러나 유명세에 비해 기록은 무척이나 단출하다. 무려 30년이나 왕 생활을 했음에도 초기 20년 간의 기록이 삼국사기에서는 공란으로 나온다. 말 그대로 내용이 없다는 거다. 그러다 즉위 24년 고구려와 싸워 승리하고, 곧이어 평양에서 고구려 왕을 전사시켰으며, 375년 11월 죽음을 맞이했다. 처음 삼국사기를 접하고 근초고왕 부분을 읽으며 너무나 허무했던 기억이 난다. 그 유명한 인물에게 남겨진 기록이 겨우 이 정도란 말인가?

결국 이 내용만으로는 근초고왕이 누구인지 제대로 구성하기가 너무나 어렵다. 다행히 《일본서기》에 그에 대한 기록이 남아 있다. 그 내용은 근초고왕이 일본과 외교 관계를 구축하여 선진 문물을 전해주었으며, 침미다례(忱彌多禮)라 불렸던 전라도 남해 지역을 평정하고 칠지도(七支刀)를 일본에 내려주었다는 것이다. 다만 희한하게도 근초고왕이 4세기 인물인데, 《일본서기》에는 3세기 인물로 등장한다. 더 정확히 이야기하자면 근초고왕 실제 행동과 120년 차이를 두고 기록된 것인데, 예를 들어 《일본서기》에 224년에 등장하는 근초고왕 이야기는 사실 344년에 발생한 이야기라는 의미이다. 왜 이런 일이 벌어진 것일까?

이는 일본이 더 오래된 역사를 지닌 국가로 보이

기 위하여 어느 시점에 의도적으로 역사를 앞으로 당겨 기록했기 때문이다. 최소한 4세기까지의 일본 왕은 상당수 실제 존재한 인물이 아닌, 후대에 정리 하면서 족보를 새로 만든 것으로 보인다. 이 과정에 서 구전이나 초기 문자로 남겨진 기록들을 적당히 배분하여 마치 과거 실제 존재했던 왕처럼 구성한 것이다. 그 결과 남겨진 여러 기록 중 일부가 앞으 로 당겨지거나 아니면 인위적으로 만들어 붙여넣거 나 하는 등의 일이 비일비재하게 벌어졌다.

그렇다면 역사적 인물로 확실한 일본 왕은 언제 부터 등장할까? 6세기 초 게이타이 덴노(継体天皇, 재위 507~531년)부터 그의 자손들이 쭉 왕위를 이 으며 지금까지 일본 왕실로 연결된 것으로 알려져 있다. 결국 게이타이 덴노 이전까지는 실존 인물과 가공 인물이 섞여 있기 때문에 정말 조심스럽게 《일 본서기》를 살펴볼 수밖에 없는 것이다.

그런데 백제 역사도 이와 비슷한 모습을 보인다 는 사실. 남아 있는 기록을 조합한다면 초기 백제 왕 중 사실상 100살을 훌쩍 넘거나 아님 기록에 모 순이 있는 등 여러 부분에서 한계가 분명히 느껴진 다. 다만 일본만큼 족보가 꼬인 것은 아니고 어느 정도 감안해서 봐야 한다는 의미다. 즉 어느 시기에 역사를 정리하면서 역시나 일부 내용이 앞으로 소급 또는 늘어지는 것인데, 백제에서 처음으로 역사서가 씌어진 시기가 4세기 근초고왕 시대였다. 결국 그 이전 역사는 남겨진 문자를 그대로 믿고 판단하기엔 무리다. 이에 사학계에서도 고고학적 결과물을 토대로 재해석하여 삼국사기 초기 백제 기록을 보고 있다.

고기(古記)에 이르기를 "백제는 개국 이래 문자로 사실을 기록한 적이 없다가, 이때에 이르러 박사(博士) 고흥(高興)이 처음으로 《서기(書記)》를 썼다."고 하였다. 그러나 고흥이라는 이름이 다른 서적에 나타난 적이 없기 때문에, 그가 어떤 사람인지는 알 수 없다.

《삼국사기》 근초고왕 편

이처럼 백제는 근초고왕 이전에는 문자를 실생활에서 사용했는지와 별개로 역사를 기록하지 않았다. 단지 구전으로 이어지는 이야기를 바탕으로 전해오는 왕가 역사가 있었을 뿐이다. 근초고왕 이후 비로소 역사서와 더불어 부자 상속에 따른 직계 후손 왕통이 완전히 자리잡게 된다. 이때가 4세기부터이니 동시대 일본과 비교하면 약 150년 정도 앞선 것은 분명해 보인다. 근대 시절 일본이 미국에 의해 문호를 개방한 시기가 1854년, 그리고 조선이 일본에 의해 개방된 시기가 1876년이었다. 겨우 22년 일본이 빠르게 문호를 개방한 결과, 반세기쯤 지나 조선이 일본의 식민지가 되었는데, 국가 발전 속도가 150년 차이면 아무리 고대 사회라 할지라도 대단히 큰 차이였을 것이다. 이러한 국가 성장의 질적 차이로 인해 백제는 오랜 기간 일본에 대한 우위의 자세를 지니고 여러 문물을 전달할 수 있었던 것이다.

고급 문화를 이룬 백제의 비하인드 스토리

풍납백제문화공원

근초고왕을 생각하며 벤치에서 충분히 쉬었으니 이제 슬슬 움직여보자. 공원은 운동하는 어르신이 보일 뿐 사람은 많지 않다. 평일 낮 시간이 그렇지. 이번에는 풍납백제문화공원에서 출발하여 토성 밖으로 나가려 하는데, 공원 바깥 길가에 떡하니 토기기대(土器器臺), 즉 그릇받침토기를 크게 형상화한 조각이 보이는군. 한 번 가볼까?

그릇받침토기는 풍납토성에서 출토된 한성백제 시대에 만들어진 제사용 그릇으로, 높이 73cm의 높다란 목이 묘한 미감을 만들어 매력적이다. 당시에는 해당 토기 가장 위, 즉 안으로 둥글게 말려진 입에다 제기를 올려 사용했었다. 나름 위계를 나누려는 의미가 있는지 몰라도 제기를 가능한 한 지표면에서 높이 올림으로써 제사 대상의 격을 그만큼 높이려는 의도가 엿보인다. 이 토기는 이후 가야, 신라에서도 크게 유행하는데, 이는 당시 백제가 주변 국가에 전해준 문화 중 하나이기도 했다. 참, 이 토기의 경주식 디자인을 확대하여 만든 것이 경주 첨성대라는 주장도 있다. 시대를 상징하는 독특한 미감인지라 개인적으로는 언젠가 국보로 지정되는 그릇받침토기가 대거 나올 것이라 확신한다. 마치 2000년대 들어서야 달 항아리가 국보로 대거 지정된 것처럼.

그렇다면 그릇받침토기의 예에서 보듯이 백제는 어떤 과정을 통해 주변 국가에 문화를 전달하는 위상을 가지게 된 것일까? 이를 살펴보기 전에 한성백제 시대 문화와 관련한 인물들을 먼저 알아보자.

근초고왕 시대를 대표하는 문화쪽 인물로는 앞서 이야기한 백제 역사서를 쓴 고흥, 학자이자 사신 임무를 맡았던 아직기, 역시나 학자이자 일본에서 초빙을 원하여 건너간 왕인 등이 있다. 다만 고흥 이외에 아직기, 왕인 등은 근초고왕 시대가 아닌 4세기 후반 백제 아신왕 시대 인물이라는 기록도 있어 혼동이 있지만, 큰 시대 차이는 아니니 여기서는 넘어가자. 한편 이들 중 고흥, 왕인은 성(姓)이 유독 눈에 띄는데, 당대 백제인의 이름이 아니라 중국계 이름이기 때문이다. 그렇다면 왜 중국식 이름을 쓴 인물들이 백제 조정에서 활동한 것일까?

중국 역사서에서는 구태(仇台)라는 백제 시조가 등장한다. 여러 중국 역사서에서 거의 유사한 내용이 등장하는데, 좀 더 상세한 이야기가 담긴 《수서(隨書)》 부분을 보도록 하자.

동명(東明)의 후손에 구태(仇台)라는 자가 있으니, 매우 어질고 신의가 두터웠다. 대방(帶方)의 옛 땅에 처음 나라를 세웠다. 한나라의 요동 태수(遼東太守) 공손도(公孫度)가 딸을 주어 아내로 삼게 하였으며, 나라가 점점 번창하여 동이(東夷) 중에서 강국이 되었다. 당초에 백여 가(百家)가 바다를 건너 왔다(濟)고 해서 백제(百濟)라 불렀다.

《수서》 백제 전

현재 해당 기록은 여러 혼선이 있어 완전히 정확한 내용은 아닌 것으로 보고 있다. 예를 들어 구태는 부여 왕 위구태를 의미하며 실제 공손도의 딸과 결혼한 이도 위구태였다. 그러나 백제가 중국에 자신들을 부여의 후손이라 주장하였기에 중국에서 나중에 역사를 정리하면서 이야기가 꼬여버린 것이다. 그럼에도 해당 내용을 통해 전체적인 그림은 그릴 수 있다. 다름 아닌 백제와 대방과의 긴밀한 관계가 그것이다.

공손도는 2세기 후반, 즉 나관중의 역사 소설로 유명한 삼국지 시대에 활동했는데, 요동 태수로 지내다 한나라가 황건적의 난 등으로 한창 혼란에 빠질 때 왕을 칭하며 독립한 인물이다. 특히 한반도 지역에 지대한 관심이 있어서 고구려, 부여 등과 적극 교류했으며, 이후 그의 아들 공손강은 한반도 남부에 위치한 국가들을 대방이라는 군현을 만들어 통제하고자 한다. 한나라 군현인 평양의 낙랑을 대신하여 그보다 남쪽 황해도에 만든 것이 대방이었다.

그런데 삼국사기에 따르면 대방 태수의 딸과 백제 왕이 결혼을 맺었으니 그가 책계왕(제위 286~298년)이었다. 그 결과 대방과 백제는 동맹처럼 교류했고, 마침 고구려가 대방을 공격하자 백제는 대방 편을 들어 적극적으로 군대 지원을 하는 등 남다른 친밀도를 유지한다. 그리고 책계왕이 죽자 대방 태수의 피가 섞인 태자가 백제 왕에 올랐으니 이를 통해 백제는 더욱 중국 문화를 빠르게 흡수할 수 있는 좋은 기회를 얻은 것이다.

이처럼 대방과의 혼인을 통해 고급 문화를 적극

적으로 수용할 수 있게 된 백제는 313년과 314년, 각기 낙랑과 대방이 고구려에 의해 한반도 밖으로 쫓겨나자, 과거 중국 군현이 하던 중국과 한반도 남부 간의 문물 교류를 자신들이 맡고자 한다. 이것을 그대로 표출한 인물이 바로 근초고왕이었으니, 그는 낙랑, 대방 출신의 중국계 유민들을 대거 백제에 받아들이고 이들을 통해 선진 제도를 구축했으며, 역사책을 쓰게 하여 백제 왕실의 계보를 마치 중국 왕실이 하듯이 체계적으로 튼튼히 만들었다.

또한 이전의 한 군현처럼 중국과의 무역을 통해 고급 문물을 대거 수입하여 백제 왕궁에 보관하였으며, 이윽고 비축한 군사력으로 가야, 신라, 일본에 위력을 보여 굴복시킨 후 백제를 상국으로 두고 문물을 받아가도록 하였다.

이런 큰그림을 만들기 위해 근초고왕은 중국 측에 사신을 보내 아예 "진동장군영낙랑태수"라는 직함을 받아오는 데 성공한다. 백제 왕이 낙랑 태수가 되었으니 낙랑과 대방의 지배권을 백제가 가져왔음을 공식적으로 알린 것이다. 또한 이 일은 나름 큰 의미가 있으니 이 뒤로는 중국의 군현이 아닌 한반도 국가가 직접 중국, 한반도, 일본 간의 무역을 통제하기 시작했다. 물론 이후로도 통일신라, 고려, 조선까지 이런 방침은 쭉 이어졌다.

결국 낙랑, 대방 지역의 주요 성(姓)씨가 장 씨, 고 씨, 왕 씨였는데, 이들 성을 지닌 고흥, 왕인이 백제 역사에 등장한 이유도 이런 과정이 있었기에 가능했음을 알 수 있다. 한편 이렇게 만들어진 백제와 대방과의 인연은 이후로도 이어져, 어느 시기부터 백제 왕은 중국 황제로부터 대방군공 또는 대방군왕 등의 작호를 받아왔으며 이를 통해 중국 고급 문물을 계속 받아올 수 있는 권위를 유지했다. 그 역사적 권위가 주는 이미지는 남달랐기에 멸망한 이후에도 백제 왕 후손들은 당나라에 살면서까지 '백제대방왕'이라는 작호를 받을 정도였으니까.

이제 성 밖으로 다시 나왔다. 타임머신을 타고 잠시 과거에 갔다가 현재로 돌아온 느낌이네. 이 느낌이 좋아서 유적지 여행을 끊을 수가 없다. 한 달만 끊어도 금단 현상이 생기니… 원. 앞에 보이는 편의점에 들러 토마토 주스를 하나 산다. 뚜껑을 따고 마시니 참 시원하다. 토마토를 좋아해서 그런지 나는 피로 회복제로 토마토 주스를 많이 마시는 편이다. 대충 목마름도 채웠고 이제 늦은 점심을 먹긴 해야 하는데…, 지금 시간이 오후 2시 15분이니 어떻게 할까? 스마트폰으로 시간을 확인한 후 잠시 고민하며 걷는다.

결국 본래 목표는 몽촌토성으로 가다가 식당을 찾아 먹으려 했지만, 많이 걸어서 그런지 배가 좀 고파져서 그냥 바로 보이는 중국집에 들어가기로 했다. 시간이 어중떠 그런지 손님은 별로 없네. 배달 전문집인가보다. "식사 가능한가요?" 하고 물으니 "저쪽에 앉으세요." 하고 담담히 말하는 점원. 나는 앉아서 메뉴도 안 보고 볶음밥을 시켰다. 짬뽕 국물과 함께 짜장이 위에 덮여 나온 볶음밥. 기름진 음식을 먹으니 체력 보충이 금세 된다. 그래 이 맛이군. 금강산도 식후경이야.

　　에너지를 충전하고 밖으로 나오니 배도 빵빵하고 다시 걸을 힘이 난다. 몽촌토성이 있는 올림픽공원까지는 걸어서 25분 정도 걸린다. 소화도 시킬 겸 걸어가기로 하자. 떠나면서 하고 싶은 말이 있다면, 수원의 화성처럼 가까운 시일 내에 풍납토성도 이 지역 문화, 예술의 중심지로 만들어질 것이라 확신한다. 유적지와 현대적 감각이 함께하는 것이 요즘 세계적 트렌드란 말이지. 그러니 이곳에 예쁜 카페나 게스트하우스를 만들면 어떨까, 하는 상상의 나래를 펴보다가 나는 그쪽으로 능력이 되지 않으니 그만 포기하고 걷기나 하자.

몽촌역사관에서 백제의 민가를 확인한다

강동대로, 길은 10차선 도로로 시원하게 뚫려 있다. 이 길 따라 쭉 걸어가면 JYP 엔터테인먼트 건물이 있는데, K-pop 아이돌 기획사로 요즘 잘나간다 하더군. 특히 이 회사의 트와이스 덕분에 나에게도 좋은 점이 있는데, 일로 일본인을 만날 때 트와이스 이야기부터 시작하면 화제가 쉽게 풀린다는 점이다. 한국과 일본 멤버가 함께하고 있는 것이 트와이스의 장점이자 한·일 간 풀 수 없는 응어리를 문화를 통해 조금이나마 회복할 수 있다는 점에서 이점이 있다고 할까? 그런데 이런 관계가 과거 백제와 일본 간에도 존재했으니 문화 교류와 더불어 사람 교류도 있었으니 말이다. 또한 하나 더 고민해볼 부분이 있다. K-pop은 미국의 팝 문화를 모방하는 것으로 시작되었다. 그런데 경험이 쌓이며 우리 독자적 미감이 더해지면서 이제는 독특한 한국의 문화로 인정받고 있다. 그 문화가 일본, 중국, 동남아, 더 나아가 미국, 유럽까지 영향을 주는 상황이다.

마찬가지로 백제는 중국 문화를 받아들이되 경험이 쌓이면서 백제 스타일로 이것을 흡수, 정리하였다. 그 결과 일본 등지에 큰 영향을 미친 고급 문화를 만든 것이다. 이 역시 문화 교류란 단순히 받아들인 것을 넘어 내 것으로 해석하는 과정 하나하나가 매우 중요한 일이자, 그렇게 결합되어 탄생한 문화는 남다른 경쟁력을 갖추고 있음을 보여준다. 이렇게 보니 한성백제 유적지 근처로 트와이스 기획사가 이사온 것도 운명처럼 느껴진다. 내가 너무 진지한가?

그러나 엄청난 팬이 아니라면 JYP 건물까지 군이 갈 필요는 없고 10차선 도로 도입부쯤에서 길을 건너 북1문이라는 다리를 건너 들어가면 금세 몽촌토성에 도착한다. 이곳은 사람이 좀 많은 편인데, 공원으로 잘 꾸며져서 주중, 주말 할것없이 사람들이 모인다. 특히 주말이면 아이들과 놀러온 가족 단위 손님이 많고, 주중에는 운동하러 온 중장년층과 유치원생이 많다. 벌써 시간이 오후 3시 20분이 되었군. 어서 들어가보자.

사실 이곳도 풍납토성처럼 남아 있는 토성의 흔적은 약한 편이다. 아니, 오히려 풍납토성이 더 나을 정도로 토성의 흔적보다 산언덕이라는 느낌이 강하다. 이는 평지에 만들어진 풍납토성과 달리 몽촌토성은 높은 지대에 성을 만들어 주변 지역을 감시, 통제할 수 있게 하였기 때문이다. 즉 군사적 성격이 더 강한 성이랄까? 특히 《삼국사기》에는 백제 수도 위례성에 대해 '북성', '남성'으로 나뉘어 있다고 기록되어 있으니, 북성을 풍납토성, 남성을 몽촌토성으로 보면 딱 맞아떨어진다.

성에 대한 조사는 몇 차례 이루어졌는데, 그 결과는 다음과 같다. 1. 풍납토성이 만들어진 후에 몽촌토성이 만들어졌다. 대략 4세기 중엽으로 추정. 2. 풍납토성에는 백제 초기 토기가 많이 발견된 반면 몽촌토성에는 발전된 형태의 백제 토기가 대부분이다. 축조 시기가 늦다는 증거. 3. 군사적 활용도 때문인지 고구려 장수왕의 원정 후에도 몽촌토성은 고구려 군사 기지로 활용되었다. 이에 고구려 토기도 발견된다. 4. 신라도 한강을 장악한 후 군사적 이유로 몽촌토성을 개축하여 이용하였다.

이처럼 평지의 큰 성이었던 풍납토성과 군사적

군사적 성격을 지니고 만들어졌던 몽촌토성이나 지금은
도시 속 공원이 되었다. ⓒ Kim Hyunjung

성격을 지닌 몽촌토성이 함께하면서 백제의 수도 방위 능력은 더 높이 올라갔다. 물론 인구 분산 효과와 궁궐의 이원화를 통한 안정성 확보 등도 장점이라 할 것이다. 실제 백제 아신왕은 한성 별궁에서 태어났다고 《삼국사기》에 나오는데, 그 별궁이 몽촌토성 내에 있는 궁으로 추정된다. 뿐만 아니라 385년, 한산에는 최초의 백제 사찰이 세워졌으니 이역시 몽촌토성 내에 있었던 것으로 보고 있다. 아마한성백제 시대에는 올림픽공원 주변을 통틀어 한산이라 불렸고, 그 언덕에 쌓은 성이 한성 또는 남성(南城)으로 불린 것으로 보인다.

설명은 이 정도로 하고, 성 내부에 위치한 몽촌역사관에 방문해보기로 하자. 몽촌역사관은 몽촌토성을 1983년부터 89년까지 6차례에 걸쳐서 조사한 자료를 바탕으로 1992년에 만든 전시관이다. 박물관이라 보면 좋을 듯싶다. 안에는 다양한 출토 유물과 복원품, 그리고 지도를 통한 설명 등이 배치되어 있으며, 몽촌토성이 어떤 곳인지 상세하게 이야기로 정리되어 있다.

풍납토성에서 백제 건축에 대한 이야기를 자세히 했었다. 그러나 솔직히 말로 들어서는 상상이 쉽지 않을 것이다. 다행히 이곳 박물관 안에는 당시백제 주택이 미니어처로 만들어져 있으니 꼭 확인해보도록 하자. 보는 순간 조선 시대 초가와 비교되면서 백제 시대에는 그 정도 수준도 만들 수 없었고 만약 조선 초가처럼 만들었다면 최소 방계 왕족 급이 사용할 만한 고급 주택임을 깨닫게 될 것이다.

또한 몽촌역사관에서 걸어서 10분 거리에 움집터전시관이 있는데, 올림픽공원 내에 발견된 백제 집터를 발굴 현장 모습 그대로 재현하여 전시관으로 만든 곳이다. 풍납토성 공원에서 만난 집터 모습과는 또 다른 현장감 있는 즐거움을 주니 꼭 방문해 보도록 하자.

이제 다음 코스는 한성백제박물관이다. 나름 오늘 여행의 진짜 목적지이기도 하지.

성을 쌓아올리는 기술

한성백제박물관

한성백제박물관은 2012년 개관한 곳으로 나에게는 서울시에서 운영하는 부자 박물관 이미지가 강하다. 그런 인식이 생긴 가장 큰 이유는 도록 때문인데, 한성백제박물관에서는 매년 다양한 기획전을 보여주고 있으며, 대부분의 기획전에는 관련 도록도 함께한다. 그런데 도록의 수준이 예사롭지 않다. 고급 종이 위에 훌륭한 사진과 설명에다 도록 뒷부분에는 뛰어난 수준의 논문까지 첨가된 어마어마한 보물 같은 책을 매년 3권 정도씩 내고 있다. 이는 경주국립박물관을 위시한 지방 국립박물관에서는 예산 문제로 못하고 있으며, 국립중앙박물관 정도가 한성백제박물관 위에 존재할 뿐이다.

한성백제박물관 전경. © Kim Hyunjung

　이 박물관은 최신식 건물로 내부 구조가 꽤 깔끔하고 잘 만들어진 편이다. 무엇보다 백제 이야기를 건국 때부터 마지막 시기까지 유물을 통해 설명하고 있는데, 그 스토리텔링이 무척 잘 구성되어 있다. 전시 유물은 풍납토성에서 출토된 유물을 기반으로 하며, 그곳에서 쏟아질 듯이 나온 대량의 유물들을 정리하여 한성백제 부분을 특히 잘 꾸며두었다. 그리고 전시 설명 과정에 꼭 필요하나 소장하고 있지 않는 유물들은 복제품으로 전시하고 있는데, 교육이 중점인 박물관이므로 충분히 이해된다. 나

한성백제박물관은 실제 풍납토성 단면을 잘라 벽에 배치하여 마치 벽화처럼 로비 공간에 가득 차 있다. © Kim Hyunjung

름 자기 색깔과 목표 지점이 잘 담겨진 박물관이다.

박물관에 들어서면 장관이 펼쳐진다. 실제 풍납 토성 단면을 잘라 벽에 배치한 것으로 마치 벽화처럼 로비 공간에 가득 차 있다. 가장 위에는 갑옷을 입은 지휘관 마네킹이 힘 있게 서 있고, 그 인물을 통해 성이 얼마나 높은지, 그리고 아래에서 볼 때는 성이 얼마나 위압적이었는지 이해할 수 있게 해준다. 자세히 보면 1차, 2차, 3차라고 토성 벽에 씌어 있는데, 백제의 경제력이 상승하면서 성벽 역시 1차에서 2차, 3차로 증축하며 커졌음을 보여준다. 물론 이 역시 현장 그대로의 성벽에서 가져온 것이니, 박물관에서 관람객도 눈으로 직접 보면서 성 증축 과정을 이해하며 따라갈 수 있다.

성의 가장 아래 부분은 지하로 내려가는 쪽에 위치하고 있다. 가까이 가서 보면 성을 쌓는 인부들을 마네킹으로 잘 만들어두었다. 이를 통해 당시 흙으로 성을 어떻게 만들었는지를 알려준다.

당시 백제 성은 '판축 기법'이라는 방식으로 건설했는데, 나무로 짠 사각 틀 안에 흙을 넣고 이를 방망이나 달구로 위에서 꾹꾹 찧어 눌러 단단하게 만든 뒤, 다시 그 위에 사각 틀을 쌓고 흙을 넣어 또 다시 눌러 올리는 방식이다. 이에 층층이 흙이 쌓이며 단단하게 만들어지면 잘 무너지지 않는 밀도를 지닌 성이 만들어지는 것이다. 중국의 만리장성도 이 방식으로 만들어졌다. 사진으로 익숙한 벽돌 만리장성은 명나라 때 지어진 것이며, 진나라 시대에 만든 진시황의 만리장성은 사실 토성이다. 한국이나 중국이나 처음에는 토성부터 제작되었음을 알 수 있다.

그리고 이곳 박물관 내 성벽에서는 이 정도만 보여주고 있으나, 흙 외에도 버티는 힘을 강하게 만들기 위해 다양한 식물의 잎이나 줄기, 껍질 등을 접착제처럼 넣었다. 그리고 완성된 성 표면에는 강돌을 덮어 외형 변화를 최대한 늦추도록 만든 뒤, 그 위에 다시 흙을 덮어 마감하였다. 이처럼 엄청난 공력이 들어갔음을 알 수 있다. 결국 이렇게 갖추게 된 토성 건축 기술은 이후 공주, 부여로 수도가 옮겨질 때도 빈번하게 사용하게 되었으니 백제 토목 기술의 근간이라고 봐도 과언이 아닐 듯하다. 이처럼 한성백제박물관 구경은 압도적인 입구 볼거리로 시작된다.

백제가 이웃 나라에 하사한 물건들

한성백제박물관

계단을 타고 박물관 2층으로 올라가면 비로소 백제 역사가 시작된다. 《삼국사기》 기록을 바탕으로 관련 유물들을 배치함으로써 누구나 이해하기 쉽도록 구성하였다. 그냥 쭉 나선을 그리며 올라가면 시대 순을 따라 백제 역사를 전반적으로 느끼도록 만든 곳이라 따로 자세한 설명은 필요 없을 듯싶다. 그러면 나는 이곳에서 무슨 이야기를 할까? 역시 백제 힘의 원천을 찾아봐야겠지?

앞서 풍납토성에서 이야기했듯이 백제는 낙랑과 대방이라는 이름을 무척 중요하게 여겼다. 이는 중국 군현이 한반도에 자리잡은 후 만들어진 무역로, 즉 중국과 한반도 남부, 그리고 일본으로 연결되는 루트를 백제 역시 매우 중요하게 여겼기 때문이다. 낙랑, 대방이 이미 만들어둔 무역로를 쉽게 응용한 뒤 이를 중국, 일본 등지에서 국제적으로 이용하는 권한을 유지하기 위해서 국외적으로 낙랑과 대방이라는 이름이 필요했던 것이며, 반면 한반도 내에서는 부여 일족이라는 이미지를 통해 자신들의 정체성과 뿌리가 깊음을 주장했다. 나름 세련된 통치술이라 하겠다.

부여는 만주 지역에 존재했던 고대 왕국으로 경제력과 문화 수준이 무척 높았으니, 고조선과 더불어 한국 문화의 중요한 뿌리 중 하나이다. 부여는 기원전 3세기부터 시작하여 기원후 494년, 고구려에 병합될 때까지 약 700여 년을 지속했다. 고구려는 처음 시작할 때 졸본부여라 칭했고 백제는 나중에 남부여라 자신을 칭했으니, 이처럼 부여를 뿌리로 둔 두 국가가 한반도를 대표하는 국가로 성장했음을 알 수 있다. 그만큼 한국 역사 속에 부여가 지닌 무게감이 상당함을 의미한다.

그렇다면 대내외적으로 부여라는 세련됨으로 포장한 백제가 어떤 방법으로 한반도 남부와 더 나아가 일본까지 포섭한 것일까? 사실 당시 국가 체제는 조선 시대처럼 중앙 집권적 국가가 아니라 연맹체 국가에 더 가까웠다. 이에 설사 국가의 대표성을 지

닌 왕일지라도 하나의 부족 또는 연맹을 대표하는
지위도 가지고 있었으며, 그런 만큼 지방에는 지방
대로 각 지역을 대표하는 부족이나 소국이 독자성
을 지니고 존재했다. 결국 근초고왕 이후 대내외적
으로 높은 권위가 갖춰지게 된 백제 왕이라도 실제
직간접적인 권력을 투영할 수 있었던 범위는 현재
의 수도권, 충청남도, 전라북도 일부, 그리고 황해도
일부 정도에 불과했다. 그 외 전라남도, 충청북도,
강원도 등 기타 지역은 지도상 백제 색으로 칠해져
있더라도 실제로는 백제 권위를 존중하는 독자적
지방 세력으로 봐야 한다.

이에 백제 왕은 지방 세력들에게 다양한 문물을
전해줌으로써 적극적으로 백제를 따르도록 유도하
였다. 이중 대표적 물건이 바로 중국 도자기다. 한
성백제 세력권 내 무덤에서 출토되는 유물 중 중국
도자기는 무척 유명한데, 국가의 기틀이 완전히 자
리잡게 된 근초고왕 이후의 백제 시대부터 중국 도
자기, 더 정확히는 청자를 적극적으로 위세품으로
서 활용한 것이다.

지금 눈으로 당시 청자를 보면 이 정도 질로 그릇
으로 쓸 수 있었을까, 하는 의구심이 물론 들 수도
있다. 현대식 자기는 첨단 기술로 구워져서 유리질
이 단단하며 강도도 매우 튼튼해 잘 깨지지도 않는

다. 여기다 실용적으로 사용하기도 편하고 씻어 보관하기도 좋다. 그러나 삼국 시대는 다름 아닌 토기의 시대였다. 토기처럼 낮은 온도에서 구워진 그릇에 물을 담는다면 몇 번 사용 못하고 버려야 한다. 조금만 오래 사용해도 물이 줄줄 새어 흘러내리기 때문이다. 여기다 물을 담더라도 흙 덩어리가 뿌옇게 올라오기도 하니 위생적으로 영 좋지 않다. 이에 권력자들은 청동기 또는 나무로 만든 그릇을 썼으며, 나무 그릇의 수명을 오래가게 하기 위해 만들어진 칠기 그릇이 큰 인기를 얻었다.

그런 시절에 유리질로 표면을 제작해 물을 담아도 걱정 없고, 깨지지만 않는다면 반영구적으로 사용할 수 있는 청자가 등장하니, 이는 첨단 기술을 넘어 누구라도 갖고 싶은 진귀한 보물로 다가온 것이다. 그런데 그 보물 같은 청자를 생산하는 곳이 오직 중국뿐이었으니 이를 어쩐단 말이지? 소국의 지배자 입장에서는 넓은 바다를 건너 중국으로 사신을 보내는 것이 사실상 불가능하고, 설사 사신을 보낸다고 중국 권력자가 만나줄 가능성도 거의 없다. 만나줄 격이 아니면 무시하는 것이 당연했을 테니까. 거기다 일반 무기나 토기들은 이미 다른 지역도 만들기에 나만의 자부심으로 보여주는 것으로는 약했다.

그런데 이처럼 어려운 일을 쉽게 해결해줄 수 있는 국가가 한반도에 있는 것이다. 이미 중국과 연결선을 지니고 있었기에 도자기 수입에서도 충분한 양이 가능했고, 또한 군사력과 정치력도 강력했다. 그 나라가 다름 아닌 백제였다. 백제와 손을 잡는다면 우선 첨단 기술로 포장된 청자도 선물로 받을 수 있고, 이는 곧 백제가 뒤에서 후원함을 뜻하니 지역 내 자신의 권력도 훨씬 강화될 수 있음을 의미한다. 내가 지방 세력가라도 당연히 백제 편을 들어야지. 암.

이런 공식에 따라 백제는 백제의 필요성에 의해, 지방 세력은 지방 세력의 필요성에 의해 청자로 대표되는 위세품을 주고받으며 함께 성장하게 된다. 물론 백제 역시 청자가 지닌 힘을 잘 알기에 백제에 더욱 충성하는 세력에게 더 질 좋은 청자를 더 많이 하사했음은 물론이다. 다만 지방 세력에게 하사했던 청자는 실용품보다는 장식용으로 쓸 만한 큰 항아리 등이 많았는데, 워낙 귀한 물건인 까닭에 감상용만으로도 충분히 만족했던 것이 아닐까. 이에 지방 세력가들은 이를 소중히 여겨 무덤까지 가지고 갔던 것이다.

그렇다면 백제 수도였던 위례성에서는 청자 활용이 어떠했을까? 현재 한반도 내 삼국 시대 청자 출토품은 풍납토성, 몽촌토성에서 발견된 것이 거의 50% 이상이고 백제 영역권으로 넓혀보면 80% 이상이라는 점에 주목하자. 거기다 풍납토성은 여전히 조사되지 않은 지역이 70%에 가깝다. 즉 향후 민간 토지가 국가로 귀속되어 발굴 조사가 이루어지면 질수록 더 압도적인 청자 비율을 볼 수 있을 것이라는 의미다.

백제 수도에서는 생활 도구로도 청자를 적극 사용했으니, 바로 차 문화가 그것을 증명한다. 풍납토성에서는 차를 빻는 돌절구, 차를 마시는 청자 잔, 완 등이 발견되었고, 특히 차를 빻는 돌절구는 백제가 청자를 수입한 중국 지역에서도 동일한 물건이 출토되었으므로, 결국 백제가 이것까지 세트로 수입했음을 알 수 있다.

사실 청자는 기본적으로 차를 마시기 위한 그릇으로 개발된 것으로 완벽하게 청자의 미감을 즐기려면 당연히 차를 마시는 단계까지 가야 한다. 눈으로 보고 손으로 만지고 입으로 먹어봐야 완성되는 감각이다. 한때 옥으로 차를 마시던 중국인들이 옥과 비슷한 푸른색을 지닌 그릇에 집착한 결과가 바로 청자이기 때문이다.

그런데 백제의 수도였던 풍납토성에서 차도구가 세트로 발견됐다는 것은 결국 백제 사람들의 심미

안 수준이 그만큼 고급이었음을 보여준다. 당시 중국 귀족들이 즐기던 최첨단 문화를 동일 시점에 백제 귀족들도 그대로 즐기고 있다는 것! 엄청난 여유와 경제적 자부심이 느껴지지 않는가.

아마 당시 지방 세력가들은 백제 수도로 본인이 직접 방문하거나 또는 자신의 아들이나 친지를 보낸 후 자신들이 그렇게 애지중지하며 소중하게 다루던 청자를 백제 수도에서는 차 그릇으로 또는 실생활에 사용하고 있음을 알게 되면서 엄청난 충격을 받았을 것이다. 이미 문화나 삶의 수준에서 격이 다르다는 의미였으니까. 이것이 당시 백제의 힘이기도 했다.

한성백제 최고의 아이템, 금동관과 금동신발

한성백제박물관

백제가 중국 청자로 외교적 권위를 유지함을 이제 알았다면 백제에서 자체 생산하여 지방에 하사한 물건은 없었을까? 물론 있었다.

우선 검은간토기라 하여 검은색의 고급 토기가 있었는데, 당시 널리 사용된 일반 토기에 비해 한눈에 보아도 매끈한 형태로 귀티가 나는 것이 격이 다른 물건으로 보여진다. 실제 조사해보니 흙 역시 더 정선된 것을 사용하여 그릇의 질을 올렸으며, 외부에는 다양한 문양을 그려내 장식미도 더한 그릇이었다. 600도 이하의 온도에서 구워내면서 일부러 검은 색상을 만들기 위해 그을음을 발생시켜 제작한 것이다. 나름 고도의 기술력이 들어갔음을 알 수 있다. 이 기물을 백제 영향력에 속하는 지역에서도 모방하여 만들기도 했으나 겉모습만 유사할 뿐 질에서 차이가 많이 났다. 결국 백제가 주는 선물 중 중국 청자 정도는 아니어도 꽤나 고급 물건으로 취급받았음을 알 수 있다.

다음으로 무엇이 있을까? 음. 아차, 가장 중요한 것을 빼먹을 뻔했네. 한성백제 시대 최고의 아이템, 금동관과 금동신발을 이야기해야겠구나.

한성백제박물관에는 다양한 금동관과 금동신발을 전시하고 있다. 다만 거의 다 복제품으로 진짜 유물은 국내 여러 국립박물관이 대부분 소장 중이다. 이곳 박물관에서는 교육용으로 백제가 만든 금동관과 금동신발이 어떤 모양이었고 어느 지역에서 출토되었는지를 설명하기 위해 복제품을 적극 활용하고 있는데, 진짜 유물이라면 이렇게 한 곳에 모아서 비교하기가 힘들 테니 나름 보기 힘든 백제 유물을 한 곳에 모아 볼 수 있다는 점에서 의미가 있다. 전시된 장소로 가서 확인해볼까.

신라 하면 금관이 생각나지만, 실제 금관은 경주 안에서만 그것도 왕족들 중에서도 최상위 집단만 사용한 것이다. 거기다 금은 단단하게 고정되는 힘이 약해서 신라처럼 얇은 형태로 잘라 관을 만들면 움직일 때마다 관 장식이 거추장스럽게 흔들흔들

움직이게 된다. 이래서야 가벼워 보여 위엄이 살지 못하지. 그래서 의식용으로 한정되어 사용되었다는 설과 죽어서야 비로소 사용되었다는 설로 나뉘고 있다. 적당히 양 주장을 융화시켜 실생활에서는 금동관을 사용하고, 죽어서 금관을 썼다는 주장도 있다. 한마디로 금관은 실제로 사용하기 무척 귀찮은 물건이라는 의미다.

반면 백제에서 만든 금동관은 실제 모자로 사용이 가능한 형태이다. 머리에 비단 등으로 덮어 사용한 것으로 보이는데, 특히 주목할 점은 관에 그려진 여러 장식이다. 단순한 미감으로 끝낸 것도 있으나 용을 세밀하게 그려넣은 것도 있으니 그 장식 방법이 남다르다. 이는 동시대 제작된 신라 금관과 비교하면 더 큰 차이를 느끼게 한다. 신라 금관은 크고 화려한 금에 가려 잘 보여지지 않으나 자세히 뜯어보면 금 표면의 표현법이 참으로 단순한 형태이다. 점을 새겨 넣거나 격자무늬를 넣거나 하는 등에 불과하다. 이것과 비교하여 용이 그려진 백제 금동관을 보면 표현 방식에서 큰 격차가 느껴질 수밖에 없다. 즉 질로 승부한 백제와 양으로 승부한 신라의 차이라고 해야겠지? 백제와 신라만 해도 당시에는 문화, 기술적으로 그 정도 실력 차가 있었던 것이다.

하지만 개인적으로 볼 때 진짜 꽃은 금동관이 아

고창 봉덕리에서 발견된 금동신발. © Hwang Yoon

니라 금동신발이다. 백제가 제작한 금동신발은 그
자체만으로 예술적 수준이 높다. 다만 모자와 달리
실제 사용할 수 있는 물건은 아니었다. 실제 발 크
기보다 훨씬 크게 만들었기에 사실상 신을 수 없기
때문이다. 이는 곧 죽은 사람을 위해 만들어진 상징
물임을 의미한다. 이것을 백제는 금동관처럼 지방
유력 세력에게 적극 하사하였으니, 대부분의 금동
관, 금동신발은 4세기 말에서 5세기 사이에 제작되
었다. 근초고왕 이후의 한성백제 시대에 지방 세력

을 확고하게 백제 영향력 안으로 편입시키는 용도로 사용했음을 의미한다.

한편 금동신발은 실제 사용되는 신발보다 훨씬 크게 만들어진 관계로 여러 장식을 더 세밀히 관찰할 수 있는 기회를 준다. 그중 가장 유명한 금동신발은 전라북도 고창 봉덕리에서 2009년 출토된 것으로 금동신발 한 켤레와 금귀고리 두 쌍, 대나무잎 모양머리장식 등의 장신구, 중국 청자, 일본계 토기, 큰칼 및 화살통 등과 각종 무기류가 발견되었다. 이 중 금동신발은 여러 육각형 문양 안에 각기 신묘한 동물들이 새겨져 있는데, 어디서 많이 본 느낌이다. 국보 287호 백제금동대향로에서 등장하는 신묘한 동물들과 무척 닮았다. 물론 제작 시기상 금동신발은 5세기, 백제금동대향로는 6세기로 추정하고 있어 약 100여 년의 격차는 있지만 공유하는 세계관이 유사하다는 의미다.

다른 금동신발도 빼어나지만 유독 고창 봉덕리 신발을 언급하는 이유는 1924년, 경주 식리총에서 출토된 금동신발에서도 육각형 문양 안에 신묘한 동물이 새겨져 있었기 때문이다. 그동안은 경주 식리총 금동신발에 대해 신라 제작품이라는 의견이 강했으나, 2009년 고창에서 백제 금동신발이 출토된 이후 백제 물건으로 평가하는 주장에 힘이 실리고 있다. 사실

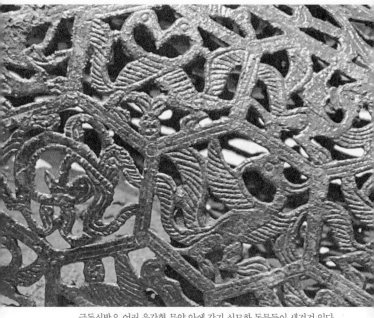

금동신발은 여러 육각형 문양 안에 각기 신묘한 동물들이 새겨져 있다.
© Hwang Yoon

당대 금속품 제작 기술력에 있어 백제와 신라는 한눈에 보일 정도의 격차가 있었고, 식리총 금동신발은 당시 신라 기술력에서는 표현되기 힘든 물건임이 분명했다. 그런데 백제의 예시가 떡하니 나오니 이제 다양한 의견이 나오는 것이다. 아마 백제 물건이 맞다면 경주 식리총 주인은 친 백제계 신라 왕족이거나 또는 나제 동맹의 주요 역할을 맡은 인물로 보여진다. 예를 들어 딸을 백제 왕에게 시집보냈다든지 등등…. 자, 상상의 나래는 여기까지만 펼치고, 고창 봉덕리 금동신발은 국립전주박물관에 실제 유물이 전시 중이니 혹시 궁금하다면 방문하여 구경해보자.

이처럼 백제는 근초고왕 시대 이후 더 확고하게 영토를 편입시키는 과정에서 지방 유력자에게 다양한 물건을 하사했고, 더 나아가 앞으로 이들을 백제 귀족이자 중앙 관료로 편입시키고자 했다. 이에 중국 청자를 비롯한 해외 물건과 더불어 자체 생산된 금동관, 금동신발로 백제 문화의 힘을 보여주면서 주변 소국들에게 권위를 인정받게 된 것이다. 참, 백제의 금동관과 금동신발은 일본 규슈에서도 발견되었다. 이때까지만 해도 백제와 일본 간 교류는 규슈 지역이 대부분이었다. 다른 일본 지역은 오히려 가까운 가야 및 신라와 친밀도가 있었고. 한편 규슈에서 발견된 백제 유물은 현재 국립도쿄박물관에서 전시 중이다. 일본 역사 이야기까지 하면 너무 복잡해지니 오늘은 이 정도로 패스하련다.

한성백제박물관 특별전까지 보고나니 시간이 꽤 흘렀다. 스마트폰을 꺼내 보니 오후 5시 30분이네. 나도 모르는 새 누군가로부터 일 때문에 연락 온 곳도 있구먼. 전시 내용에 집중하다보니 전혀 몰랐다.

잠시 카카오톡으로 답장을 보낸다. 이처럼 이곳 박물관은 특별전도 잘 운영하고 있으니 앞서 이야기한 도록뿐만 아니라 전시 내용과 출품된 유물 수준까지 높은 편이다. 특히 중국 등 해외 유물도 자주 가져오고 있는데, 한반도 삼국 시대 유물과 비교할 수 있는 동일 시점의 중국 유물 전시가 많아 비교 공부하기 무척 좋다. 관심 있는 분은 특별전 스케줄을 인터넷에서 잘 확인하고 방문해보도록 하자. 아, 그리고 한성백제박물관에서 종종 고대, 삼국 시대 역사 관련한 토론회 및 강연도 있으니 이 역시 관심 있는 분은 스케줄을 확인해서 방문하면 좋을 듯하다. 강연이라 하지만 생각보다 어렵지 않으며, 고급 정보를 바탕으로 하는 매우 유익한 내용이 많다.

이렇게 박물관 구경까지 마쳤고 이제 어디를 가야 할까? 집으로 갈까? 아니. 오늘은 이렇게 쭉 돌아보는 김에 오랜만에 백제 고분까지 가보기로 하자. 이제부터는 한성백제의 전성기, 그리고 성공 가도를 달리던 이야기는 마감하고 좀 안타까운 이야기로 넘어가볼까 한다. 사실 백제 하면 가지고 있는 이미지가 귀족적이고 문화적이고 또… 여하튼 세련된 나라라고 여기곤 한다. 반면 한강에서 고구려에게 밀려내려가고 웅진, 사비에서 신라한테 밀리고 결국 신라와 당에게 멸망한 안타까운 이미지, 또는 패배자 이미지도 가지고 있다. 이 모든 것이 백제를 의미하는 모습일 텐데…. 결국 백제가 지방에 하사한 중국 청자와 화려한 금동관 및 금동신발에도 숨어 있는 또 다른 이야기가 있다는 사실. 이는 다름 아닌 고구려의 엄청난 압박이었다.

맛보기는 여기까지 하고, 나머지 이야기는 고분으로 이동하면서 이야기하기로 할까.

3. 서울에도 고분군이 있네

불구대천의 원수가 된 백제와 고구려

다음으로 발걸음을 옮길 곳은 방이동 고분군이다. 걸어서 약 20분 정도 걸리니 그리 멀지 않다. 한성백제박물관 앞 횡단보도를 건너 큰길을 따라 쭉 걸어가다보면 나오는데, "이런 곳에 고분이 있네?" 하는 장소에 위치하고 있다. 다만 개방 시간이 있으니 이를 잘 확인하고 오자. 내 기억에 오후 8시까지 였나? 이번에 방문해서 다시 확인해보아야겠다. 뭐 아직은 시간 여유가 충분히 있으니까.

걸어가면서 고구려 이야기를 좀 해보려 한다. 근초고왕의 업적은 낙랑, 대방의 선진 문물을 그대로 백제로 흡수하여 국가 체계를 선진화시키고, 기존 무역선을 백제 주도로 운영할 수 있게 만들어 경제적 힘을 갖추었다는 것에 있었다. 그러나 이런 모습에 배 아파하던 나라가 있었으니, 다름 아닌 고구려였다. 실제 한반도 역사에 있어 한 군현을 무력으로 쫓아내고 요동을 두고 중국과 대립하면서 큰 나라로 올라선 고구려였다. 그런 만큼 만만치 않은 국력을 지니고 있음을 의미한다. 그런데 한 군현을 몰아내는 노력은 온전히 고구려가 했음에도 그 지역 통제권을 백제가 가져간다면 누가 좋아하겠는가? 당연히 한반도 내 가장 발전된 땅이었던 평양과 황해도는 백제가 아닌 고구려가 관리해야 한다고 생각했을 것이다. 이에 중국 군현이 사라진 후 국경이 맞닿게 된 두 국가는 결국 근초고왕 시절에 큰 전쟁을 하게 된다. 먼저 고구려가 2만의 군대로 백제 국경선을 공격했다가 패하였고, 이번에는 근초고왕이 3만 병력으로 평양을 공격하여, 고구려 고국원왕을 전사시킨다. 이 전쟁 이후 백제와 고구려는 불구대천의 원수가 되고 말았다. 고구려의 왕이 죽었으니 말이지.

이윽고 시일이 지나 고구려의 원한을 갚아줄 왕이 등장한다. 광개토대왕(재위 391~412년)이 391년, 17세의 나이로 왕위에 오른 것이다. 그는 할아버지 고국원왕의 원수를 갚고자 즉위하자마자 군사를 이끌고 백제와 전쟁을 벌였는데, 싸울 때마다 이기니 백제는 감히 대항할 생각을 하지 못한다. 그러다 백제도 왕이 교체되어 아신왕(재위 392~405년)이 등장하고, 두 나라는 명운을 건 대립을 시작한다. 먼저 반격한 쪽은 백제의 아신왕으로 여러 차례 병력을 모아 고구려를 공략했으나 거의 무위로 돌아가고 말았다. 이윽고 북방 국경선을 안정화시킨 광개토대왕은 396년 수군과 육군을 포함하는 대규모 병력을 동원하여 단박에 백제의 58개 성과 700개 촌을 빼앗아갔다. 그리고도 끝나지 않아 한강을 건너 백제 수도를 함락할 기세를 보이니, 아신왕은 항복 선언을 하고 "고구려의 노객(奴客)이 되겠다."는 굴욕적 맹세를 하게 된다. 이에 광개토대왕은 백제왕의 동생과 대신 10인을 인질로 잡아가버렸다. 후대 조선과 청나라의 전쟁으로 삼전도 굴욕이 벌어진 일과 유사한 일이 벌어진 것이다.

하지만 백제는 고구려에 이대로 무릎을 꿇을 수 없었다. 이 시점부터 백제는 한반도 세력권 내 지방 세력과 멀리는 바다 건너 일본에까지 자신들이 고급 문물을 전해주는 것을 이유로 적극적인 외교 협력과 병력 지원을 요구하였다. 이로서 중국 도자기와 백제 금동관, 금동신발은 4세기 후반부터 5세기까지 백제 여러 지역과 더불어 일본에까지 적극적으로 뿌려지게 된다. 이는 고고학 발전을 통해 숨겨진 보물처럼 출토되면서 당대 백제 문화의 전파 범위를 확인할 수 있는 중요한 증거물이 된다. 즉 단순한 고급 문화 후원이 아니라 그 반대 급부를 적극적으로 원하는 외교 수단이었음을 의미한다. 그러나 이것으로 고구려와 백제의 대립이 마무리된 것은 아니었다. 광개토대왕이 39세로 승하한 후 상당 기간 냉전기를 가지고 있던 두 나라였으나, 서서히 한성백제의 파국 시간이 다가오고 있었기 때문이다.

한편 고구려는 남쪽으로 백제를 크게 압박하여 평양을 완벽하게 영토화시킨 후 이곳에 사찰 9개를 세우고 백성들을 대거 이주시켰으며, 나중에는 나라의 수도까지 평양으로 옮겼다. 이로서 과거 고조선의 수도인 데다 중국 군현이 존재했던 한반도 내 가장 부유했던 지역을 고구려의 것으로 만드는 데 성공한 것이다. 그리고 이때를 시점으로 백제의 전성기는 막을 내리고 고구려의 전성기가 시작되었다.

방이동 고분은 백제, 신라 누구의 것인가

　좀 걷다보니 어느덧 방이동 고분에 도착했다. 시간은 오후 6시 정도 되었군. 다만 이곳은 고분군 주위로는 벽과 펜스가 쭉 감싸고 있어 입구를 통해서만 들어가야 한다. 무료 입장이니 부담 없이 공원처럼 자연스럽게 방문하면 된다. 안에 사람은 생각 외로 별로 없다. 매번 올 때마다 느끼지만 유독 이곳에는 사람이 없더군. 무언가 폐쇄된 형태의 공원 느낌이라 그런 것 같다. 내부에는 총 8기의 무덤이 있는데, 입구를 정면으로 하고 왼쪽으로 4기, 오른쪽으로 4기가 남아 있다. 평균 2.5m 정도 높이의 나름 덩치가 좀 있는 고분들이다.

　흥미로운 점은 고분마다 1호부터 10호까지 숫자

방이동 고분군. 총 8기의 무덤이 있다. © Kim Hyunjung

가 매겨져 있는데, 입구 왼쪽으로 4기는 각기 1호, 2호, 3호, 6호이고 오른쪽 4기는 각기 7호, 8호, 9호, 10호이다. 즉 방이동 고분 안에는 4, 5호가 존재하지 않는 것인데, 본래 있었던 4, 5호 위치에는 현재 빌라가 들어서 있다. 흔적도 없이 사라진 것이다. 결국 강남 도시 개발 중 사라진 역사는 비단 풍납토성뿐만 아니라 백제 고분들도 마찬가지였음을 알수 있다. 그나마 남아 있는 고분들은 1983년 공원화를 통해 현재 모습으로 남아 있을 수 있게 되었다.

이들 고분군은 이미 여러 차례 조사가 이루어졌는데, 일제 강점기 시절부터 현대까지 꾸준히 조사가 이어지면서 출토 유물과 고분 구조를 통해 다양한 의견이 등장하게 된다. 바로 그 주제는 '과연 방이동 고분군은 누가 만들었나?' 로 현재도 판단이 확고하게 결정되지 못하고 있다. 백제설과 신라설이 크게 대립하고 있기 때문이다. 엉? 한성백제 토성 옆에 위치한 무덤인데 백제가 아닌 신라설이 있다고? 맞다. 그것이 사실상 이 논쟁의 포인트다.

조사 결과 흥미로운 점은 백제 유적지 바로 옆에 조성된 고분들임에도 무덤 내부에서 등장한 토기는 신라 물건이라는 것이다. 특히 이곳에서는 백제 유물이 거의 나오지 않았으며 무덤 구조도 백제 형식이라 보기 어렵다는 점에서 갈수록 신라의 무덤이

방이동 고분 안에는 4, 5호가 존재하지 않는데, 본래 있었던 4, 5호 고분 위치에는 현재 빌라가 들어서 있다. ⓒ Kim Hyunjung

라는 주장이 강해지고 있다. 이에 1. 본래는 백제 무덤이었으나 신라가 한강을 장악한 뒤 백제 무덤을 재사용하여 신라 토기가 나온다는 설. 2. 신라가 한강 유역으로 진출한 뒤 축조한 무덤이라는 설. 3. 백제 무덤과 신라 무덤이 함께 있다는 설. 4. 신라에 의해 한강에 진출한 가야계 세력의 무덤이라는 설 등으로 크게 나뉘어, 논쟁이 지금도 이어지고 있다. 분위기를 보아하니 해답은 가까운 시일 내에 결코 나오지 않을 듯싶다.

내가 볼 때는 글쎄… 판단하기 어려운 부분 같다. 다만 과거에는 방이동 고분군 바로 서쪽에 가락동 고분군도 위치하고 있었는데, 이곳에서는 조사 결과 백제 고분 형식에 백제 유물이 출토되었다고

굴식돌방무덤 내부. © Kim Hyunjung

한다. 지금은 송파 한양 1, 2차 아파트로 바뀐 땅이
바로 가락동 백제 고분 위치였다는 사실. 결국 가락
동 고분처럼 처음 무덤이 모여 있던 장소가 시간이
지나면서 동쪽으로 더 확장되었고, 그 과정 중 이곳
영토 주인이 신라로 바뀌면서 방이동 무덤 조성 세
력도 신라로 바뀐 것이 아닐까 하는 생각이 든다.

여기서 잠깐! 돌로 방 형태를 만든 후 흙을 덮어
만든 무덤을 '굴식돌방무덤'이라고 하는데, 이 무

밖에서 본 굴식돌방무덤. ⓒ Kim Hyunjung

덤은 입구가 있다는 점이 기존의 무덤과 형식을 달리했다. 마치 사람이 사는 집처럼 방이 있고 집 대문처럼 출입구를 달아놓은 무덤으로, 방이동 고분들이 바로 굴식돌방무덤으로 만들어져 있다. 그래서 아주 옛날에는 이 근처를 뛰어놀던 아이들이 여름에는 서늘한 곳을 찾아 무덤으로 들어가서 석실 안에서 땀을 식히기도 했다고 전해진다. 지금은 내부로 들어갈 수는 없으며 입구가 공개된 1호 고분의 경우 철문 빈틈을 통해 안을 슬쩍 구경할 수 있을 정도이다. 안을 보면 어두컴컴하나 금세 눈이 어둠에 적응되면 돌로 쌓아 방을 만든 것이 보인다. 그래 이 안에다 관을 안치했었구나. 으스스하군. 이런 곳에서 놀 생각을 한 어르신들의 어린 시절 담력이 새삼 부러워졌다.

굴식돌방무덤도 백제식, 고구려식, 신라식이 돌 쓰는 방법이나 방 구조 등이 조금씩 다른데…, 혹시 관심이 있는 분은 판교박물관을 방문하면 좋을 듯하다. 이곳에는 백제식, 고구려식 고분을 근사한 방식으로 전시하고 있다. 판교 신도시를 만들다 발견된 백제 무덤 9기와 고구려 무덤 2기를 그대로 옮겨와 박물관을 만들었기에 같은 굴식돌방무덤이라도 백제와 고구려가 어떻게 다른 부분이 있는지 등을 상세히 설명하고 있다. 이처럼 4세기 후반부터 백제에서 유행을 타기 시작한 무덤 디자인은 이후 가야, 신라에도 전해져서 6세기 이후에는 대표적인 한반도 무덤 구성 방식으로 이어지게 된다. 이 역시 문화 전파의 증거일 수도 있겠다.

이 정도로 이곳도 정리하고 이제 한성백제의 마지막 코스를 향해 가보도록 하자. 개인적으로는 서울에서 가장 멋진 장소라 여기는 곳이기도 하다. 바로 석촌동 고분군이 그것이다.

83세 장수왕이 백제와의 전쟁을 직접 지휘한 까닭

"내가 어리석고 밝지 못해 잔약해지고 군사들은 허약해졌으니 비록 위태로운 일이 있다 한들 누가 기꺼이 나를 위해 힘써 싸우겠는가? 나는 마땅히 사직을 위해 죽어야 할 것이나 너는 여기 있다가 함께 죽어도 이로울 것이 없으니 어려움을 피했다가 왕통을 잇도록 하라."

삼국사기 백제본기 개로왕

고구려 군대의 적극적 움직임이 보고되자 백제 개로왕은 이 말을 하며 아들 (또는 동생) 문주를 신라로 보냈다. 고구려에 대항하기 위해 군사 동맹을 맺고 있던 신라에서는 백제의 급한 사정을 듣고 1만

병력을 빌려준다. 이에 문주는 구원 병사와 함께 빠르게 돌아왔으나, 이미 위례성은 고구려에 의해 불타 사라지고 개로왕은 죽음을 맞이한 뒤였다. 이로서 한성백제의 시대는 막을 내린다. 사실상 문주에게 한 말이 개로왕의 유언이 되고 말았다.

풍납토성 발굴 조사를 하다보면 가옥이든 사당이든 여러 장소에서 불에 탄 흔적이 발견되고 있다. 단순히 성 내 화재가 발생한 것일 수도 있으나 광범위하게 그 현상이 보여 안타까움을 주고 있는데, 이는 아무래도 고구려 침입 때 풍납토성이 크게 불타면서 생긴 현상으로 여겨진다. 풍납토성의 군민들이 7일을 버티며 끈질기게 저항했으나, 결국 고구려 군대에 함락되고 만 것이다. 이때가 475년 9월의 일이다. 그렇다면 왜 고구려는 백제를 완전히 한강 유역에서 밀어버리기로 작정한 것일까?

광개토대왕의 백제 공격 이후에도 백제와 고구려는 수십 년 간 긴장 관계를 지속하고 있었다. 이에 백제는 비슷한 고민을 하고 있던 신라와 손잡고 동맹을 맺었으며, 중국에도 외교전을 펼쳐 고구려 견제에 적극적으로 나섰다. 군사적으로는 일대 일로 고구려를 이길 수 없기에 선택한 방법이었다. 당시 북위에 보낸 국서에는 백제의 다급함이 잘 표현되어 있는데, 반면 국제 사회의 냉정함도 느껴지게 만든다. 비굴하면서도 다급한 심정으로 고구려에 대한 견제를 부탁한 백제였으나, 북위에서는 강대한 고구려를 굳이 건드릴 생각이 없었기에 백제를 도와줄 의사를 보이지 않았던 것이다. 오히려 이 소식을 들은 고구려가 자극받는다. 이에 북위와 백제 간 사신이 이동할 수 있는 길을 막아버려 백제를 외교적 고립으로 만든 뒤, 더 나아가 아예 한강 유역에서 밀어버리기로 마음먹게 된다.

이를 위해 고구려 장수왕은 직접 3만의 군대를 이끌고 한강으로 내려왔는데, 당시 그의 나이가 83세였으니 결코 적은 나이가 아니었다. 그러나 이처럼 나이든 고구려 왕이 직접 전쟁을 참관해야 할 만큼 백제와의 이번 전투를 중요하게 여겼던 것 같다. 과거 고구려 왕이 백제 근초고왕과의 전투 중 죽음을 맞이한 사건의 진정한 복수이자 한반도 내 고구려에 대항 가능한 세력의 완전한 붕괴를 의미하는 일이었기 때문이다. 결국 목표한 대로 장수왕은 개로왕을 비롯하여 백제 왕족 대부분을 죽이고, 남녀 8000명을 잡아 포로로 삼아서 고구려로 돌아간다. 8000명의 상당수가 백제 고위층이라 볼 때 백제는 지배층이 완전히 무너지는 상황을 맞이한 것이다. 충격적인 결말이었다.

이렇게 백제는 사실상 멸망에 가까운 최악의 상

황을 맞이하고 말았지만, 이대로 무너지지 않았다. 살육과 포로에서 살아남은 백제 사람들이 충청도 공주로 넘어가서 새로운 백제를 건설한 것이다. 이들은 고구려에 대항하여 끈질긴 항전 의식을 보이면서도 언젠가 한강 유역을 반드시 수복해야 할 고토로 여기게 된다. 무엇보다 위대했던 과거 한성백제 조상들의 묘도 한강 유역에 존재하니 말이다.

290기 중 8기만 남기고 사라져버린 석촌동 고분

드디어 석촌동 고분군에 도착했다. 방이동 고분 군에서 걸어서 30분 정도 걸리는 장소라 꽤 걸어온 느낌이다. 아무래도 피곤해서 그런 것 같기도 하다. 숨 쉬는 운동 외에는 운동을 하지 않다가 오늘 너무 많이 걸었다. 그리고 보니 오늘 따라 롯데타워를 중심으로 한 바퀴 돌면서 쭉 구경하는 것 같다. 저 타워가 생긴 이후 잠실의 풍경이 많이 변한 건 분명한 사실이다. 덕분에 이 주변 어디를 가든 롯데타워를 보고 거리를 판단하며 움직이는 버릇이 생겼다. 특히 한성백제 여행에 있어서는 거의 여행을 함께하는 동반자 같은 느낌이랄까? 덕분에 혼자 하는 여행임에도 외롭지는 않군.

이곳은 475년, 고구려 침공 이후 제사를 못 받게 된 백제 무덤들이 모여 있던 장소이다. 후손들이 사라지자 고분들의 주인은 대접도 받지 못하고 그렇게 방치되듯 남겨진 것이다. 다만 그 뒤로도 백제가 힘을 길러 고구려와 대립하면서 한강 유역을 잠시 통치하기도 했으며, 특히 551년, 절치부심한 백제 성왕이 고구려를 꺾고 다시 한 번 한강 유역을 탈환하기도 했으니, 그때마다 당연히 백제 고위 신분들은 감격을 하며 이곳을 방문했었겠지? 그러나 얼마 지나지 않아 백제는 또다시 한강을 버리고 남방으로 내려간다. 대신 신라가 한강 유역을 장악하였고, 그 뒤로 다시는 이곳을 백제 영토로 만들지 못했다.

그리고 1400여 년이 지나 일제강점기인 1917년, 일본은 이곳을 세밀히 조사하여 고분 분포도를 도면으로 남겼다. 그 결과 당시만 해도 총 290기의 무덤이 자리잡고 있었으니 왕의 능과 그 외 왕족 및 귀족의 무덤 등이 위계에 따라 구분된 채 배치된 것으로 보인다. 그러나 현재는 불과 8기만 남긴 채 모두 사라지고 말았다. 사라진 고분 대부분은 이 주변 빌라 부지로 바뀐 상황이다. 그렇지 않아도 백제는 승자의 나라가 아니어서 기록이 참 부족한데, 이처럼 겨우 남아 있던 유적마저 70~80년대 강남 개발이라는 "있는 것도 없애버리는 시대"를 맞이하면서 그대부분이 사라졌으니 참으로 허망할 따름이다. 아마 지금까지 이 유적이 남아 있었다면 문화 수준이 급격히 높아지는 2000년대 이후 경주 대릉원 못지않은 관광 자원에다 역사 탐방 지역으로 대단한 인기를 누렸을 텐데, 고작 알맹이 몇 개 고분만 남기고 사라졌으니. 지금까지 존재했다면 서울과 수도권이라는 2500만 명 최고 인구 집합 지역에 있는 문화 유적지니 얼마나 많은 사람들이 방문하였을까? 국제적 도시 서울이니 외국인까지 포함한다면? 상상만 해도 짜릿하다.

결과적으로 사라진 것은 잊어야겠지만 암만 생각해도 아쉬운 것은 어쩔 수 없네. 그런데 이처럼 남아 있는 8기 고분이라도 그나마 지켜낸 인물이 있었으니 바로 이형구 동양고고학연구소 소장이다. 그는 젊은 시절 석촌동 고분 사이로 관통하는 도로 공사를 저지하기 위해 몸으로 공사 차량을 막고 청와대에 민원을 넣으며 적극적으로 유적지를 지키기 위해 노력했다. 문화재에 대한 이해가 약했던 시기, 당연히 이 과정 중 부동산 업자와 주민들에게 많은 고초를 겪어야 했으며, 수많은 개인적 고생 끝에 이제야 그의 행동이 큰 인정을 받고 있다. 덕분에 석촌동 고분군은 공원으로 꾸며지고 보호를 받을 수 있게 되었으며, 이 지역을 통과하던 도로도 지하로

290기 중 8기만 남기고 사라져버린 석촌동 고분. ⓒ Kim Hyunjung

내려져서 석촌 지하 차도를 만든다. 이로써 고분 아래로 쑥 내려가서 그 아래를 통과하는 진귀한 모습의 도로가 만들어진 것이다.

현재 남아 있는 고분 중 일부는 한성백제 시대 왕들의 무덤으로 추정되고 있는데, 어디서 많이 본 형태다. 다름 아닌 고구려 적석총, 즉 돌무지무덤을 닮아 있기 때문이다. 돌무지무덤은 시신 위에 돌을 쌓아 만든 고분으로 신석기 시대부터 중국 요동과 만주, 그리고 한반도 북부까지 큰 인기를 누렸던 무덤 방식이다. 시간이 흐를수록 돌을 단순하게 쌓는 것이 아니라 가장 아래에는 기단처럼 정성껏 틀을 구축하고 그 위에 돌을 층을 두고 쌓는 방식으로 바뀌더니, 최종적으로는 잘 짜여진 사각형의 돌을 차곡차곡 쌓아 피라미드 형태의 커다란 무덤으로 만드는 방식으로 나아간다. 결국 5세기쯤 최종 단계를 보여주다가 굴식돌방무덤에게 최고 인기 있는 무덤 양식을 서서히 양보하며 사라졌다. 한편 중국 지린성에 위치한 높이 14m의 장군총이 돌무지무덤 최종 완성판의 대표적 예다. 무덤 주인에 대해 광개토대왕과 장수왕 묘로 나뉘어 주장되고 있는 능이기도 하다.

그런데 석촌동 고분군에는 장군총과 유사하게 피라미드처럼 만들어진 돌무지무덤이 총 3기가 있

석촌동 고분 사이를 지하로 관통하는 도로가 소나무 뒤로 보인다.
© Kim Hyunjung

으니 눈을 사로잡을 수밖에. 덕분에 한국 유적임에
도 이국적인 느낌도 든다고 할까? 뭔가 익숙하지 않
은 고분 모습이라 그럴 수도 있겠다. 우리 눈에 익
숙한 것은 사실 경주 고분 같은 형식이니까. 백제,
고구려 간 비슷한 형태의 고분만 보아도 두 나라가
같은 뿌리, 즉 부여로부터 나왔다는 이야기가 사실
임을 알 수 있다. 특히 고분군 중 3호 분은 가로가
50.8m, 세로가 48.4m로 오히려 장군총보다 면적을
넓게 차지하고 있어 이곳 고분 중 최고로 큰 형태이
다. 다만 높이는 4.5m 정도인데, 실제로는 몇 단 더
높았던 것으로 추정되기도 하나 무너진 것을 복원
하는 과정에서 3단으로 만들어진 것이다. 그 크기만
큼 아무래도 백제 시대에는 굉장한 의미를 지닌 능
으로 존재했을 텐데, 그래서 학자들은 한성백제를
상징하는 근초고왕의 능이 아닐까 추정하고 있다.

　하지만 형태는 유사하나 자세히 보면 디자인이
다르니, 웅장한 크기를 중시하던 고구려에 비해 안
정적이고 넓게 만들어진 백제 고분에서는 세련되고
담백한 맛이 난다. 이는 두 국가가 뿌리는 같았어도
추구하고자 했던 미감과 문화는 달랐음을 보여준
다. 이런 차이점 하나하나를 고분을 통해서도 알 수
있다는 점이 참 재미있다. 궁금하신 분들은 꼭 석촌
동 고분군에 와보자. 은근 분위기가 좋아서 놀랄지

도 모르겠다.

오후 7시를 훌쩍 지나 야간이 되니 롯데타워가 화려하게 빛나고 거의 동시에 석촌동 고분군에도 야간 조명등이 켜지면서 은은한 분위기를 만들어 낸다. 가만, 고대 유적들 앞에서 롯데타워를 보니 정말로 영화 '반지의 제왕'에 나오는 사우론 타워 처럼 보이는구나. 판타지 영화에서나 볼 수 있는 묘하게 어울리는 멋진 광경이다. 개인적으로는 서 울 야경 최고의 모습이라 생각한다. 신구가 조합되 는… 음, 신구라 하기에는 너무 기간 차이가 많이 나서 맞는 표현이 될 수 있나 모르겠네.

이곳 석촌동 고분군은 저녁 시간이 되면 사람들 로 가득하다. 특히 개와 함께 산책하는 이들이 많은 데, 벤치에 앉아 지켜보면 개 주인들끼리도 비슷한 시간에 산책을 하는지 개 안부를 물으며 인사하고 있다. 개들도 익숙한지 서로 논다고 바쁘네. 이들을 보면서 개는 안 키우지만, 또 키울 생각도 없지만, 고분 때문이라도 나도 이 근처로 이사와 살아볼까, 잠시 그런 생각을 해보았다. 하지만 서울은 집값이 비싸지.

어쩌다보니 스트레스나 풀려고 바람을 쐬러 나 왔다가 이렇게 한성백제 지역을 쭉 돌아보는 여행이 되고 말았는데, 뭐 만족한다. 적당한 때가 되면 매번 한 번씩 도는 코스라 익숙한데도, 돌 때마다 백제의 저력, 그리고 문화의 힘에 대해 새로이 생각하게 된다. 무엇보다 서울이 조선 궁궐 이외에 최근 백제 유적지도 부각되면서 더 깊은 역사적 의미가 있는 도시로 알려지고 있어 기분 좋다. 한반도에서 나라의 수도로 지낸 도시 역사가 1300년 정도 앞당겨지는 것이니까. 세계에 자랑해도 충분한 도시 역사가 되는 거겠지? 물론 이집트 수도 카이로, 이탈리아 로마, 그리스 수도 아테네, 중국 장안 등과 비교하면 쳐지지만, 그래도 1000년 가까이 국가의 수도였던 도시는 참 드무니까. 당장 국내에 경주가 있긴 하지만. 음, 계속 머리에서 방해꾼이 나오는군.

한편 유네스코 백제 문화에 충청도권, 전라도권 유적지는 포함되었으나 서울은 빠졌는데, 풍납토성 등을 재정리하고 서울은 따로 도전하지 않을까 싶다. 세계적 유산을 우리만 인정해도 되는 것이 아닌가 하는 생각도 들지만, 어쨌든 유네스코가 큰 의미를 주는 것은 분명한 현실이니까. 세계적 이슈도 되고 말이지. 그만큼 관심을 두고 지켜볼 문제다.

이렇게 쭉 돌았으니 저녁을 먹어야겠군. 근처 한솥 도시락 집이 아직 문을 열었을까나? 요즘 혼밥 시대라지만 혼자 밥 먹기에는 도시락 가게만 한 곳이 없다. 석촌동 고분군 주변에도 괜찮은 가게들이 있고 조금 걸어가면 요즘 핫하다는 송리단 길도 있지만, 나 혼자 먹기에는 귀찮군. 슬슬 이별을 고하고 석촌동 고분군에서 발걸음을 뗀다. 저녁 먹고 당연히 집으로 가야지. 다시 버스 타고 1시간 20분이 걸리겠구나.

4. 무령왕릉

수촌리 고분에서 발굴된 유물의 의미

요즘 들어 날씨도 좋으니 또다시 혼자 여행하기 좋은 시기라 여겨 평일에 시간을 만들어 충청도 공주로 떠나고 있다. 오전 6시 50분에 출발하는 버스가 있어 아침 일찍부터 준비해서 나간다. 터미널로 들어가서 표를 끊는다. 다만 이번 버스는 공주로 직행하는 것이 아니고 세종시를 잠시 들렀다 간다. 덕분에 시간이 조금 더 걸려 9시 20분 조금 넘어 도착한다.

세종시, 처음 만들어질 때부터 우여곡절이 많았던 장소이다. 백제 시대 이후 충청도 지역에 한 나라의 수도가 생기는 것이라 주변 지역민들이 크게 들뜨곤 했었는데, 그 결과물은 '행정중심복합도시'

라는 다소 어려운 이름으로 정해졌다. 일부는 수도 기능을 하되 수도는 아니고, 그렇다고 격이 높은 도시이기는 한데 그러나 완전한 국가 행정을 맡는 곳은 아닌 이름이랄까? 하지만 금강을 끼고 있는 데다 나라의 중심 기능이 모여 있다는 점에서 여러 모로 백제의 두 번째 수도였던 공주가 생각나기도 한다. 공주 역시 수도이긴 했으나 임시 수도처럼 역할에 한계가 분명했고, 나중에는 부여에 위치한 사비성과 이중 체제로 운영된 것으로 보인다. 실제로도 세종시는 공주시 바로 옆에 위치하며 승용차로 불과 20분 거리다.

시외버스에서 잠이 들었다가 한참 있다 깨어나 보니 어느덧 세종시에 들어왔나보네. 하늘에서 보면 용처럼 길게 배치되었다는 정부세종청사도 보이고 아파트와 오피스텔도 새것이라 그런지 화사하다. 새 건물들의 위용 때문인지 몰라도 잠도 절로 깨고, 이들 건물을 지켜보다 가만 생각에 잠긴다. 한강을 뺏긴 백제인들은 130km 떨어진 충청도로 이주하면서 어떤 마음가짐이었을까? 그리고 이곳에 어떤 연고가 있었기에 이주 장소로 정해진 것일까?

2003년, 공주 수촌리에서 농공 단지를 조성하려고 사전 조사를 하던 중 놀라운 발견이 이루어졌다. 백제 고분 6기가 나타난 것이다. 그래서 조사팀을

꾸려 조사해보니, 3대에 걸친 가문이 묻힌 무덤이었다. 이곳에서는 금동관과 금동신발, 그리고 중국제 도자기 등 한성백제 시대 중앙에서 내려준 세트 물건이 그대로 등장하였고, 그 외에 백제 토기와 무기류도 출토되었다. 이 중 출토된 흑유도자기는 특히 완성도가 무척 높은 닭 머리를 장식한 주전자로, 당시에도 가치가 대단했을 것이 분명해 보인다. 금동관은 총 2개가 출토되었는데, 용이 장식되어 있는 것과 용과 봉황이 장식되어 있는 것 이렇게 두 개였다. 조각이 세밀한 것으로 보아 남다른 충성심을 보였기에 백제 왕실에서 보내준 것이 틀림없었다.

백제 유물이 나온 곳 바로 지척에는 더 이전 고분이 있었는데, 여기서는 청동검과 청동꺾창, 청동창 등 고대 청동기 세트가 한 번에 출토되었다. 이 역시 엄청난 일이니 즉 청동기 시대부터 지속된 어떤 집단이 철기 시대까지 유지되면서 지역의 수장 가문으로 발전하였고, 이에 백제와 연결되며 더 큰 권위를 만들어낸 것은 아니었을까? 그렇게 본다면 나름 약 500~600년을 이어온 지역 강자라는 의미지만 청동기 시대와 백제 시대 간 직접 연결점이 확실치 않으므로 넘어가자. 그럼에도 청동기 시대 힘 꽤나 있었던 집단의 고분 근처에 백제 유물을 가진 고분이 존재한다는 점에서 직간접적으로 어떤 끈이 존재했을 것으로 보여진다. 결국 기반이 튼튼했던 한 지방 세력에 대해 한성백제 시절의 백제 왕실이 꽤나 호의적이었음을 알 수 있다.

한편 유적과 유물이 대거 발견된 이후 수촌리 고분의 주인공을 공주시에 위치했던 "감해비리국(監奚卑離國)"이라는 소국의 수장이자 백제의 주요 8개 귀족 중 하나인 백씨(苩氏)가 아닐까 하는 추정이 학계에서 주장되고 있다. 즉 급하게 한성을 잃은 백제 왕실은 그동안 지방 세력 관계 중에서 가장 믿을 만하다고 여긴 공주 지역으로 옮겨오게 되었고, 그 과정을 통해 이곳 세력의 집단도 상당한 위세를 얻게 된 귀족 가문으로 재탄생된 것이다.

하지만 백제 왕실과 백씨 가문과의 관계는 순탄하지만은 않았으니…. 다음 이야기는 조금 있다 계속하기로 하고. 버스터미널에 도착했으니 내려야 한다. 아참 내리면서 급하게 한 가지 정보. 수촌리 고분도 나름 체험장이 꾸며져 있어 방문해서 보면 좋은 이야깃거리가 있다. 가면 고분 형식에 대한 상세한 공부가 될 것이다. 다만 가능하면 승용차로 방문하도록 하자. 공주시에서 버스로도 이동할 수는 있는데, 왔다갔다하는 것이 조금 귀찮을 수도 있겠다. 버스가 자주 다니지 않아서.

무령왕 내외가 사후 27개월 뒤에 합장한 까닭

공주 송산리 고분군

9시 30분쯤 공주시 터미널에 내린 나는 택시를 타기로 했다. 시내버스도 있지만 기다리는 데 시간이 좀 걸리는 데다 오늘 공주시 다음에는 부여군까지 들를 예정이라 조금 빡빡한 일정도 고려해야 한다. 정류장 앞에는 역시나 택시가 줄을 서서 기다리고 있다. 택시를 탄 뒤 "송산리 고분이요." 하니 알았다며 달리는 택시 기사님.

송산리 고분군은 공주를 수도로 삼은 시기 동안 백제 왕실의 능이 만들어진 곳이다. 조선 시대《동국여지승람》에서도 이미 백제 왕릉으로 알려져 있었으며, 특히 유명한 인물로는 무령왕이 있는데, 그의 고분이 도굴되지 않은 채 그대로 1971년에 발

무령왕릉. © Park Jongmoo

송산리 고분군 모형 전시관 내에 있는 무령왕릉 복제본.
© Park Jongmoo

굴되었다. 이는 백제 역사 복원에 있어 엄청난 사건이었다. 고대부터 근대 일제 강점기 시대까지 존재했던 수많은 도굴꾼의 손아귀에서 벗어나 있었던 기적이기도 했다.

조금 달리다 주차장 근처에서 내렸으니 이제 걸어가볼까나. 바로 앞에 검은 벽돌로 인상 깊도록 둥글게 만든 건축물이 보이는데, 이곳은 '웅진백제역사관'이라는 곳이다. 아이들과 함께 방문하면 역사 이야기를 IT 기술로 만든 영상 등 다양한 방법으로 쉽게 설명해주기 때문에 놀며 배우기 좋은 장소이기도 하다. 그러나 나는 한시라도 더 빨리 고분을 즐기기 위해 오늘은 패스하고 지름길인 건물 내 엘리베이터를 타고 무령왕릉 입구 쪽으로 간다. 그냥 엘리베이터 타고 올라가서 내리면 끝. 여기서부터 매표소까지는 좀 걸어야 한다. 그다지 멀지는 않다.

매표소에 가서 표를 끊고 내가 처음 향한 곳은 '송산리 고분군 모형 전시관'이다. 평일 오전인데도 사람들이 좀 있는 것이 흥미롭다. 특히 금발의 외국인이 보이네. 2015년 이후 유네스코 세계유산에 백제 유적이 들어가면서 외국인 방문객도 늘었다고 들었다. 대충 지정 전과 비교하여 2.5배 수준으로 증가하였는데, 그럼에도 2018년 기준 외국인 숫자는 3만 4000명 수준이라 한다. 충청도 백제 문화제를 1년 간 방문하는 국내 관광객이 200만 조금 넘는 수준이니까, 겨우 1.5% 비중이군. 그렇다면 나는 1.5% 가능성을 만난 거니 오늘 운이 좀 있으려나? 나중에 로또 하나 사야겠다.

나의 행운에 흐뭇한 표정을 지으며 송산리 고분군 모형 전시관에 들어가본다. 이곳은 송산리 고분군에 있는 고분들을 복제로 만들어 내부를 구경할 수 있도록 한 곳이다. 특히 무령왕릉은 누구나 한 번쯤 들어가보고 싶을 테지만 유물 보전을 위해 입구를 막아놓아서 현재는 구경할 수 없다. 이를 대신해 모형 전시관을 만들어놓았으니 무령왕릉 내부가 궁금한 사람은 꼭 방문해야겠지. 벽돌 무덤으로 유명한 무령왕릉 외에도 역시나 벽돌로 만든 송산리 6호분, 돌로 벽을 쌓아 만든 돌방무덤인 송산리 5호분도 복제를 해두었다. 참, 무령왕릉도 입구가 발견되어 발굴 전까지는 단순히 송산리 7호분이라 불렸다는 사실. 이를 통해 번호보다 이름이 지닌 아름다움을 다시금 느낀다. "몇 번" 보다 "누구누구야" 이게 더 좋지. 아무렴. 복제 고분 입구로 들어갈 때 머리를 조심하자. 허리를 숙이고 들어가야 한다.

무령왕릉 모형 공간은 밖에서 보이는 것과 달리 막상 들어가보면 꽤 넓다. 아치형 지붕 아래로 공간감이 느껴진다. 진짜 무령왕릉에 비해 벽돌이 새 것인데다 규격도 딱 맞아 떨어져서 사진에서 느껴지던 무령왕릉 내부에 비해 현실감은 좀 떨어지지만 직접 눈으로 볼 때 그런 것이고 막상 휴대폰으로 사진을 찍어서 보면 꽤 그럴싸하다. 거기에다 이곳에는 고분 내부를 비어 있는 상태로 보여주는 곳 외에도 백제 시대 닫혔던 무령왕릉 문을 처음으로 열었을 때 내부에 유물이 어떻게 자리잡고 있었는지도 실제 크기 형태로 모형을 만들어 전시해두고 있다. 당장 1971년, 발굴 당시로 가서 구경하는 느낌이다. 요즘 한국 박물관이 이런 전시 구조를 참 잘 만든다. 현실감이 느껴진다고나 할까.

이렇게 고분 내부를 충분히 관람하고나면 본격적인 고분 구경인데, 그냥 조용히 뒷산 언덕 걸어가듯 길 따라 올라갔다 내려오면 된다. 적당히 크지도 작지도 않은 모습으로 고분들이 모여 있으며 멀리서 보면 마치 언덕에 혹이 난 듯 올라 나와 있다. 이런 감정을 가지면 안 될 것 같은데, 이렇게 보니 좀 귀여워 보인다. 신라 경주 고분의 위압감 넘치는 거대한 고분과 비교되는 백제 왕릉만의 맛처럼 다가왔다. 각각의 고분 입구에는 입구 크기에 딱 맞게 고분의 내부 사진을 걸어 두었으니 이것으로 고분 들어간 것을 대신해야겠다. 그런데 잠깐 내가 초등학교 시절에 분명 이곳으로 여행을 와서 무령왕릉 내부를 직접 들어간 것 같기도 한데… 기억이 착오인지 아님 진짜 그런 적이 있었는지 헷갈린다. 거참 황당하군. 여기 올 때마다 내 기억이 조작된 듯 떠올려지고 있다. 들어간 것 같은데… 초등학교 동창 중 지금까지 연락하는 사람이 없으니 기억을 맞춰 볼 수가 없군.

산을 더 타고 15분쯤 올라가면 정지산 유적에 다다른다. 이곳은 국가 제의 시설이 있었던 곳으로 추정하는 장소다. 조사 결과 백제인들은 이곳에 있던 옛 건물터를 허물고 자리를 평평하게 다진 다음 기와로 된 격 있는 건물을 올렸다. 8X6.4m 면적이다. 여전히 주춧돌을 쓰지 않은 대신 기둥을 여러 개 박아 무거운 지붕의 무게를 분산한 듯한데, 지면에서 공간을 어느 정도 띄운 후 사용되는 형식으로 만든 것이다. 이에 해당 건물에 대해 다양한 주장이 제기되었으니, 왕과 왕비가 돌아가신 후 최종적으로 능에 넣기 전까지 시신을 모셔둔 장소 또는 시조나 선왕을 위한 종묘 시설 등이 그것이다. 이 중 왕과 왕비의 시신을 모시는 장소였다는 주장은 무령왕릉 왕비 지석에 써진 "상(喪)을 치르고 27개월 뒤인 529년 2월에 합장했다."는 내용에 따라 약 2년 간 시신을 모신 공간으로 보는 것이다.

지금 눈으로 보면 '2년씩이나?' 하는 생각도 드

는데, 당시 백제의 교류 범위가 백제 세력권 내 호족을 포함하여 가야, 신라, 일본, 중국에까지 이어졌으니 이들 국가의 사절단이 방문하고 예를 표하는 기간 역시 그만큼 길었던 모양이다. 전기와 비행기가 없던 시절이니까. 또한 나름 국제적인 네트워크를 바탕으로 운영되던 국가였으니 가능한 이야기 같기도 하다. 각지의 손님들이 소식을 듣고 방문하는 시기도 달랐기 때문에 긴 시간이 필요했겠지.

한편 정지산 유적의 최고 장점은 공주시 주변이 다 보이는 탁월한 전망이다. 특히 이곳에서 보이는 공산성 뷰가 굉장히 좋으니 이 전망을 보기 위해서라도 강력 추천하고 싶다. 당시 백제인처럼 금강과 공산성도 보이고, 백제인들은 볼 수 없었던 넓은 금강을 연결하는 기다란 콘크리트 다리들도 보이네. 물론 백제 시대에도 웅진교(熊津橋)라는 다리가 있었다고는 하는데, 해당 다리는 금강의 지류인 제민천을 잇는, 즉 공산성 쪽과 그 건너편을 잇는 다리로 추정된다. 지금도 그 이름을 따 공주시 제민천에는 웅진교라는 다리가 있다.

이렇게 고분군을 쭉 돌았으니 이제 국립공주박물관으로 가서 무령왕릉에서 출토된 백제의 보물들을 만나봐야겠다. 산을 내려가다보면 갈림길이 나온다. 아까 정지산 유적으로 등산하면서 해당 이정

정지산 유적. 공주시 주변이 다 보이는 탁월한 전망이다. 특히 공산성
뷰가 좋다. © Park Jongmoo

표를 보았겠지만, 가르치는 방향인 서쪽으로 내려가면 박물관이 나온다. 시계를 보니 벌써 오전 11시가 넘었다. 여유 그만 부리고 빨리 움직여야겠다.

무령왕 이전 무려 세 명의 왕이 암살되었다

국립공주박물관 가는 동안

국립박물관으로 가면서 보니 건너편에 백제 시대 무덤 흔적과 우물 등이 보인다. 이미 조사는 다 끝난 유적이다. 그런데 최근 조사에 의하면 무령왕릉 고분 주변 산 쪽으로 더 많은 백제 고분 흔적이 발견되고 있다고 하니 앞으로 백제에 대한 고고학적 성과가 언제 갑자기 등장할지도 모르겠다. 매일 새로운 뉴스를 기대하며 살아가야지. 그럼 이동하는 막간에 공주로 옮겨온 뒤의 백제 이야기를 다시 이어가볼까나.

한편 백제의 문주왕은 위례성에 있던 개로왕 구원에 실패하고 곧장 남쪽으로 내려와 산맥과 금강이 있어 방어가 가능한 공주에 수도를 세운다. 곧바로 고구려도 끈질기게 백제를 따라왔는데, 장수왕의 명으로 현재의 대전과 세종시까지 군대를 파견했던 것으로 보인다. 바로 턱 밑까지 온 것이다. 허나 백제가 완고하게 버티자 공주시 주변으로 산성을 쌓고 고구려 군대를 주둔하는 것으로 마무리된다. 겨우 숨 돌릴 기회가 생겼다. 하지만 긴장이 풀리자 또 다른 문제가 발생한다.

백제의 주요 8개 귀족 가문 중 하나였던 해씨(解氏)는 저 멀리 부여로부터 이어온 역사와 명망이 있는 성(姓)으로 다름 아닌 고구려 왕실의 성도 처음에는 해씨였다. 주몽이 나라를 세운 뒤 고씨(高氏)로 성을 바꾸면서 달라진 것이다. 그런 만큼 백제 초창기부터 백제 왕족이었던 부여씨와 함께했던 집단이었으며 왕비를 배출하던 최고 수준의 귀족 가문이기도 했다. 그런데 이들 중 한 명인 해구(解仇, ?~478년)라는 인물이 야심을 드러낸다. 마침 문주왕이 사냥을 갔을 때 반란을 일으켜서 왕까지 죽인 후 불과 13세 아이였던 문주왕의 아들을 왕에 앉힌 뒤 사실상 자신이 백제를 통치한 것이다. 백제왕의 권위가 한성백제를 잃고 곤두박질치면서 최고 수준의 귀족 가문 대표자 정도면 '내가 대신 왕을 하겠다.'라 여길 정도로 평이 형편없어졌음을 알 수 있다.

그러나 소년 왕이었던 삼근왕은 나름 강단이 있었는지 또 다른 8개 주요 귀족 중 하나였던 진씨(眞氏)를 동원하여 해구를 잡아 죽이고, 그 처자들은 저자에 끌고 가서 목을 베어 처단함으로써 선왕의 복수를 갚았다. 하지만 다음 해에 서거한다. 워낙 급작스런 일이라 학계는 암살로 추정하고 있다.

　그 다음 왕이 된 인물은 역시나 소년 왕인 동성왕으로 다름 아닌 무령왕 바로 직전에 즉위한 왕이자 백제의 힘을 다시금 부활시킨 인물이기도 했다. 그는 어릴 적 일본에서 살다가 돌아와 23년 간 국가를 통치하면서 신라와 결혼 동맹을 맺고 효율적으로 고구려에 대항하여 백제에 안정을 되찾았다. 무엇보다 중국 왕조와 교류를 다시 이으면서 한성백제 시대에 강력하게 존재했던 부분을 되찾고자 한다. 다름 아닌 중국의 선진 문물을 빠르게 받아들이고 이를 통해 한반도 남부와 일본에 문화를 재해석하여 전달해주면서 권위를 구축하는 것이 그것이다. 당시 중국은 남과 북으로 나뉘어 있었는데, 동성왕은 이중 남조와 적극적 관계를 꾀했다. 이를 통해 중국 남방 특유의 귀족적이고 수준 높은 중국 문화를 받아들일 수 있는 기회가 만들어진다. 그리고 직간접적으로 영토를 늘리는 과정에서 전라도 지역과 제주도까지 백제 영토화시킴으로써 한성을 잃은 만큼 남쪽으로 영토를 확장하는 데도 성공한다.

　하지만 나름대로 성공한 삶에 안주했는지 동성왕은 궁궐을 세우고 못을 파며 진귀한 동물을 키우면서 향락 생활에 빠지다가 공주 지역을 기반으로 하던 백씨 가문의 백가라는 인물에게 살해당하고 말았다. 또다시 암살이었다. 그렇다면 백제가 한강을 잃고 내려온 후 즉위한 문주왕, 삼근왕, 동성왕 모두가 암살로 생을 마감하는 황망한 일이 벌어진 것이다. 그 다음으로 즉위한 인물이 바로 무령왕이었다. 이제는 좀 안정된 왕권 유지가 가능해졌을까?

유일하게 임무를 다한 무령왕릉의 진묘수

국립공주박물관

뒤쪽으로 돌아 드디어 국립공주박물관에 들어왔다. 송산리 고분군에서 산을 타고 내려오면 이처럼 뒤로 들어오게 된다. 용산에 위치한 국립중앙박물관과 비슷한 사각 디자인의 건물이군. 국립중앙박물관 준공이 2005년이고 국립공주박물관은 2004년이니 건축 나이도 비슷하다. 당시 유행 건물이 사각 디자인이었나? 그럼 이 김에 잠시 소개를 해볼까.

나름 공주 지역 박물관 역사는 긴 편인데, 경주에서 박물관을 만든 것에 자극을 받아 1934년, 백제 유물을 보존, 조사할 목적으로 공주고적보존회가 설립되었고, 1940년에 전시실을 열면서 박물관의 역사가 시작되었다. 그 후 오랜 기간 국립박물관 분관

으로 운영되었으나, 1971년 무령왕릉이 발견되면서
대 변혁기를 맞이한다. 덕분에 73년, 새 건물이 만
들어져서 무령왕 유물을 전시하기 시작했으며, 75
년에는 국립공주박물관이라는 이름으로 승격될 수
있었다. 분관이라는 이름을 떼버린 것이다. 그러다
2004년 다시 한 번 신식 건물을 만들어 이사했으니
현재 국립공주박물관이 그것이다. 아참. 예전 건물
은 현재 충청남도역사박물관으로 운영되고 있다.
가보면 나름 건물 형태도 흥미롭고 전시 내용도 충
실하다.

　이 정도로 소개를 끝내고 안으로 들어가보자. 사
실상 해당 박물관은 무령왕을 위해 존재하는 곳이
다. 그래서 1층은 통으로 무령왕릉 유물을 전시하고
있는데, 무령왕릉 출토 유물 중 국보로 지정된 것이
무려 12점이다. 이 중 국보 155호인 무령왕비의 모
자를 장식했던 관 꾸미개(무령왕비 금제관 꾸미개)
는 서울로 옮겨져 국립중앙박물관에서 전시 중이
며, 그 외의 국보를 포함한 대부분의 무령왕 유물은
공주박물관에서 만날 수 있다. 특히 유네스코 세계
유산에 백제 유산이 지정된 후 2018년 전시관을 리
모델링하면서 전시 형태가 일신하였으니, 마치 무
령왕릉 안으로 들어온 듯 착각이 들게 만들어진 것
이다. 입이 다물어지지 않을 정도로 흡인력 있게 전

국립공주박물관에 진열된 무령왕릉 진묘수. ⓒ Park Jongmoo

시가 짜여 있으니 꼭 방문해보도록 하자.

들어가면 조금 어두운 조명 속에 입구 가까이에는 진묘수(鎭墓獸)가 보인다. 진묘수는 무덤을 지키는 짐승이자 중국에서 유행하던 무덤 부장품으로 도굴로부터 주인을 보호하고 그 영혼이 하늘로 쉽게 올라갈 수 있게 도움을 주는 용도라 한다. 여기에 영향을 받아 제작된 멧돼지를 닮은 무령왕릉 진묘수는 돌로 만들어졌는데, 디자인 부분에서 동시대 중국 남조 형식을 가져왔다. 그런데 현대 기준으로 볼 때 모습이 왠지 귀엽게 생겨서 그런지 공주시를 다니면 이곳저곳에서 진묘수 조각이 보인다. 나름 도시 마스코트가 된 것이다. 개인적으로는 지금의 이런 인기가 무령왕 진묘수에 대한 합당한 대우라 생각되는데, 수많은 백제 왕릉 중 유일하게 무령왕릉만 도굴을 면했으니 결국 이 진묘수 하나만 제대로 일을 해냈다는 뜻이다. 그만큼 잘 대접해주어야지! 다른 백제 고분에도 진묘수가 있었을 텐데 하나같이 본연의 임무에 실패하고 지금은 묘 주인의 유물들과 함께 정체도 없이 사라져버렸다.

진묘수 뒤로는 시신이 안치되었던 목관을 남아 있던 나무 조각을 잘 조합하여 배치하고 있으며, 그외 유물들을 그 주위에 잘 정리해두었다. 특히 금으로 세밀하게 가공한 것부터 구슬 목걸이, 금팔찌, 금동으로 만든 신발, 모자 꾸미는 장식, 은잔, 칼 등 하나같이 백제 예술의 진수를 보여준다. 무령왕릉에서 출토된 유물의 수가 108종에 4687점이라 하니 전시되어 우리가 보는 것은 그 일부에 불과하지만 말이지. 더욱이 동시대 신라 것과 비교해 세부적으로 더 얇고 깔끔하게 마감된 백제 디자인이 더 격이 높게 보이는 것은 어쩔 수 없는 가보다. 눈으로 보면 절로 보이는 격차다.

물론 중국 도자기도 이곳에 함께하고 있다. 당시 백제의 중국 문화에 대한 관심과 사랑은 대단했으니 왕릉에도 당연히 중국 도자기와 청동기 등이 함께했으며, 이 역시 백제의 국제성을 상징하는 증거이다. 그러나 비단 중국 것만 있는 것이 아니었다.

일본산 금송을 가져와서 짠 무령왕과 왕비의 목관. 국립공주박물관.
© Park Jongmoo

앞서 이야기한 나무로 짠 관은 사실 일본산 금송(金松)을 가져와서 만든 것이기 때문이다. 이처럼 한국, 중국, 일본 등이 모두 결합된 형태로 무령왕 부장품이 구성된 것을 알 수 있다. 이런 모습은 한성백제 시대 수도였던 풍납토성에서 중국, 일본, 가야물건이 다 발굴된 것과 일맥상통한 것이니, 공주 시대에도 드디어 국제 관계 복원을 통해 한성백제 이상의 국제성을 다시금 갖추게 되었음을 보여준다. 다시 시작된 백제의 전성기였던 것이다.

무령왕은 천수를 다했을까

그렇다면 무령왕은 어떤 왕이었을까? 앞선 3명의
백제 왕이 암살을 당한 상황에서 즉위한 그는 곧바
로 동성왕을 암살한 백가를 토벌하여 목을 벤 뒤 금
강에다 던졌다고 한다. 이렇게 복수를 마치고 난 그
의 앞에는 불구대천의 고구려가 있었다. 그런데 무
령왕은 이전의 백제와 달리 오히려 즉위 때부터 고
구려를 강하게 공격하였다. 백제군에게 한강을 넘
어 황해도에 위치한 성을 습격하도록 명한 것이다.
반대로 즉위 기간 내내 고구려 역시 수차례 말갈과
함께 백제를 공격했는데, 백제는 방어를 하다가도
때때로 고구려를 먼저 선공하기도 했다. 이제는 고
구려에게 과거처럼 밀리지 않고 서로 간 견제가 가

능할 정도로 백제 군대 역시 강해졌음을 의미한다.

　이런 강군이 바탕이 되자 무령왕은 고구려를 무시한 채 한강 유역에 다시금 백제 관리를 보내어 통치하기에 이른다. 여기서 더 나아가 직접 왕이 한성에 행차하여 한강 이북의 사람들을 징발해 성을 쌓게 한 후 공주로 돌아오는 등 백제 왕의 권위는 다시금 크게 올라섰다. 가야 지역에 대한 백제의 공략도 심화되어 대가야의 영향력은 백제의 압박에 크게 축소되었으니, 이 역시 과거 힘을 되찾은 모습이었다. 이에 남조에 무령왕이 사신을 보내며 알리길 "여러 번 고구려를 깨뜨렸으니 백제가 다시 강국이 되었다."라고 이야기할 정도였다. 그러자 남조에서는 사지절도독백제제군사영동대장군(使持節都督百濟諸軍事寧東大將軍)이라는 기다란 작호를 무령왕에게 주었고, 이로서 국제적으로 인정받는 왕으로 올라서게 된다.

　한편 그는 일본과의 관계도 특별했는데, 《일본서기》에 따르면 그는 대마도에서 규슈로 가는 길목에 위치한 작은 섬, 즉 가카라섬(加唐島)에서 태어났다고 한다. 당시 백제와 일본은 갈수록 관계가 돈독해지고 있었으니 고급 문화를 전달하는 과정에서 왕실 사람들이 직접 일본으로 이동하는 경우도 잦아지고 있었다. 물론 그 반대로 일본 사람들 중 백제로 와서 살거나 더 나아가 백제 관료가 되는 일도 있었다. 이런 과정 속에 아예 일본에서 태어나고 생활했던 인물이 백제 왕이 된 것이다.

오죽하면 일본의 게이타이 덴노(継体天皇, 재위 507~531년)와 무령왕(재위 501~523년) 간의 관계를 보여주는 글이 씌어 있는 청동 거울도 일본에서 발견되었으니, 해당 문장에 대해서는 여러 해석이 있지만 어쨌든 백제와 일본 간 친밀한 관계가 있었던 건 분명하다. 한편 5세기 중후반부터 일본은 규슈에서 간사이로 역사의 중심 무대가 완전히 이동하게 된다. 이에 더 넓어진 개척지를 개발해야 하는 만큼 선진 문물에 대한 요구도 더 커지고 있었다. 덕분에 이전보다도 더 적극적인 백제와의 교류가 만들어졌으며, 이와 같은 모습은 이후 백제 멸망 때까지 이어지게 되었다.

그럼 이쯤에서 궁금한 점. 그래서 무령왕은 천수를 다했을까? 아님 암살을 당했을까? 국립공주박물관에 소장되어 전시되고 있는 무령왕릉의 지석에 그 해답이 있다. 국보 163호에 지정된 무령왕릉 지석은 왕과 왕비, 이렇게 2개가 능에서 발견되었다. 글을 읽어보면 왕이 서거한 해와 그때 나이가 기록되어 있다. 그런데 돌아가실 때 나이는 62세로 당시 나이로 볼 때 결코 적지 않은 나이였다. 또한 이를 미루어보니 그는 개로왕 8년(462년)에 태어나 40세

(501년)에 즉위했다는 계산이 나온다. 꽤나 장년에 왕위에 올랐던 것이다. 그리고 62세에 죽은 후 자신의 아들인 성왕(聖王)이 큰 문제없이 왕위에 올랐기에 천수를 다한 것이 분명하다. 이처럼 오랜만에 큰 변고 없이 부자 왕위 계승이 되었다는 점에서 백제가 국가부터 왕실의 안정성까지 일정 궤도로 올라섰음을 알 수 있다.

한편 무령왕릉의 지석은 무덤을 쓸 자리를 땅의 신에게 비용을 치르고 구입하는 매지권(買地券)이라는 문화가 삼국 시대의 고분 중 지금까지 유일하게 발견된 것으로도 꽤 유명하다. 나름 백제인들의 사후에 대한 사고방식을 직접적으로 보여주는 얼마 되지 않는 유물이니 그 가치가 상당하다. 특히 백제인의 문자를 보고 싶은 사람은 특별하게 더 관심을 두고 보도록 하자.

1층은 이처럼 무령왕릉 특별 공간이나 국립공주박물관 2층에는 고대 시대부터 조선 시대까지 충청남도 역사에 대해 설명하고 있으니 이 역시 지나치지 말고 방문해보면 좋겠다. 앞서 버스를 타고 공주로 오는 동안 이야기했던 공주 수촌리 백제 유물도 이곳 2층에서 전시 중이다. 국보가 무려 19점이 있는 박물관이니 무령왕릉 국보 외에도 어떤 국보가 있는지 찾아보는 재미도 쏠쏠 할 것이다.

5. 부여로 가자

대통사는 실존하는 최초의 사찰이다

버스 터미널로 가는 길

박물관 구경을 끝내고 시계를 보았다. 벌써 1시에 가까워진 시간. 자, 계산을 해보자. 여기서 당장 택시를 타고 가까운 공주산성 정류소로 가더라도 부여 버스를 타는 것은 사실상 불가능하다. 오후 1시 출발 버스니까. 그렇다면 다시 공주버스터미널로 가서 시간 되는 버스를 타는 수밖에 없는 듯하다. 공주버스터미널에는 부여 가는 버스가 자주 있으니 여유 있게 탈 수 있을 것이다. 마침 시간도 밥때니 점심도 터미널 근처에서 먹어야겠다.

박물관 앞 버스 정류장으로 가다보니 이미 나처럼 버스를 타려는 사람이 좀 보인다. 이곳은 버스가 그리 자주 다니는 도시가 아니다. 아무래도 도시 인구가 적으니까. 사람들이 조금 모여 있는 것을 보니 버스가 오지 않은 지 좀 되었나보다. 찬스라고 여기고 조금 기다려보니 역시나 버스가 금방 오는군. 자리가 있어 앉으니 박물관 주변으로 잘 조성해놓은 한옥 마을을 통과한다. 숙박 시설이라는데 나는 이용해보지 않았으나 평이 꽤 좋다고 들었다. 언젠가 여기 한옥 마을에서 머물면서 국립공주박물관을 하루 종일 전세 내듯 구경해보고 싶구나.

버스는 언덕을 타고 내려가다가 어느덧 구도심을 한 바퀴 쭉 돌기 시작하였다. 그런데 저 앞에 공주사대부설고등학교가 보이네. 오호! 이 근처에 백제 성왕이 세운 대통사(大通寺)가 위치했었기 때문에 기억하고 있다. 대통사는 백제가 공주로 내려온 후 만들어진 사찰로, 삼국유사에 따르면 527년에 건립되었다고 한다. 그 실체는 이미 사라져 알 수 없지만 보물 150호로 지정된 대통사 터 당간지주를 중심으로 일정 공간을 공원으로 만들어 보존하고 있다. 문제는 공원을 발굴 조사해보아도 당간지주를 포함해 통일신라 유물만이 있을 뿐 백제 것을 거의 찾지 못한 점이었다. 허나 백제의 흔적은 가까운 데 숨어 있었으니….

2018년 1월, 당간지주에서 불과 150m 떨어진 곳에 신식 한옥을 만들려고 땅을 팠는데, 이곳에서 대통(大通)이라 새겨져 있는 기와 등 2만 여 유물이 쏟아져나온 것이다. 뿐만 아니라 당시 목탑 내 중심 기둥을 가리기 위해 장식되었던 나한상 조각의 일부가 출토되기도 하였으니, 즉 과거에 이곳에는 목탑이 존재했을 가능성도 크다 하겠다. 더해서 일부 기와에는 붉은 색의 단청 흔적이 발견되기도 하였다. 놀라운 발견의 연속이다.

결국 지금까지의 조사에 따르면 1. 대통사는 1탑 1가람 형식, 즉 사찰에 탑 하나와 금당 하나가 함께 하는 백제 양식 사찰의 모태일 가능성이 크며 2. 화려하게 단청을 칠한 건물이 있었고 3. 어마하게 쏟아져나온 기와로 미루어볼 때 기와로 완벽하게 지붕을 올린 건물이었음을 알 수 있다. 문제는 추정을 넘는 확정이 되려면 조사가 더 진행되어야 하는데, 주변 토지를 더 확보하여 발굴 조사로 넘어가는 일이 쉽지 않다는 점이다. 이미 주변에는 개인 토지 위로 개인 건물이 올라간 상황이라 마치 서울의 풍납토성처럼 확고한 자본이 지원되지 않는 한 해결책이 나오기 쉽지 않다.

그러나 대통사는 백제를 넘어 한국 사찰 역사에서도 의미가 매우 크다. 한국 최초의 사찰은 375년에 지어진 고구려의 초문사(肖門寺)이지만 위치를 알 수 없으며, 역시 한성백제 시대에도 385년 사찰을 만들었다는 기록이 있으나 그 이름과 위치를 알 수 없다. 반면 대통사는 삼국 시대 사찰 가운데 건립 연대와 장소, 이름을 모두 파악할 수 있는 곳 중 가장 오래된 절이니, 사실상 사찰의 시원이라 해도 무방하다. 실제 1탑 1가람 형식은 백제를 넘어 신라, 일본에도 큰 영향을 준 디자인이라 이 역시 사찰 역사에서 중요한 의미를 가지고 있다.

왜 이곳에 사찰이 지어진 것일까

대통사

앞서 보듯 백제는 중국 남조, 특히 양나라로부터 다양한 문화를 받아들였는데, 때마침 양나라에서는 불교가 큰 인기를 얻고 있었다. 당시 양나라 황제였던 무제(재위 502~549년)는 재위 기간이 무령왕과 성왕의 통치 기간과 거의 겹치며, 불교를 통한 결집으로 국가를 통치하는 인물이기도 했다. 이에 무제는 527년에 동태사(同泰寺)라는 사찰을 만들었고, 연호를 대통으로 하여 527년을 대통 원년으로 정한다. 그런데 같은 시기인 527년, 백제 성왕이 지은 절 이름도 대통이었던 것이다. 특히 527년은 무령왕 장례가 끝난 지 2년 뒤이므로 돌아가신 아버지를 위한 원찰 개념도 들어간 것으로 추정된다. 결국 불교를 바탕으로 사회를 결집하여 혼란했던 시기에 황제권을 강화해나가던 양나라 무제에게서 영향을 받아, 백제 역시 사찰을 짓고 그 이름 역시 중국 연호에 기반을 두고 지은 뒤 이로써 돌아가신 아버지에 대한 효도와 불법을 수호하려는 현 백제 왕의 의도를 백제 전체에 알린 것이다.

특히 백제왕인 성왕(聖王)은 왕명에서도 알 수 있듯이 불교를 수호하는 신인 전륜성왕에서 이름을 따왔다. 전륜성왕은 인도를 통일하고 전국에 탑을 만들어 부처의 가르침을 알린 아소카왕이 모델이 된 신으로, 성왕 역시 그런 왕이 되고자 했음을 알 수 있다. 사찰은 그러한 의도를 보여주는 데 그 어떤 것보다 제격이었다. 하늘을 찌를 듯한 높은 목탑과 기와로 장식된 거대한 가람, 그리고 저 멀리 서역에서 왔다는 여러 불교 서적과 불법을 알리는 승려들은 당시 사람들에게 신문물처럼 가히 눈이 휘둥그레질 만한 모습이었기 때문이다. 이런 높은 기술력이 필요한 건물을 짓고 내용을 채우기 위하여 양나라로부터 수시로 기술자와 불교 서적을 받아온 성왕은 더 나아가 백제의 것으로 이를 소화하기 위해 한 승려를 불러세운다.

그의 이름은 겸익(謙益)으로 중국도 아닌 인도를 방문하여 직접 불경을 가져온 놀라운 인물이었다.

왕오천축국전을 쓴 신라의 혜초보다 무려 200년이나 앞선 인도 방문이었으니, 백제의 세계관이 당시에 얼마나 넓었는지, 또한 알고자 하는 지식을 찾기 위해 얼마나 노력했는지 알 수 있다. 이렇게 인도에서 돌아온 겸익을 통해 백제 불교는 더욱 발전할 계기를 가졌고 성왕은 그에게 승려 28명과 함께 인도 불경을 번역시키도록 하여 중국에 문화를 의존하는 나라가 아닌, 원전을 직접 해석하고 이해하는 나라로 발전시킨다. 그리고 이 자신감은 더 넓은 평야를 기반으로 하는 곳으로 수도를 옮기는 결정으로 이어지니, 그것이 바로 사비성이다. 현재의 부여군이라 하겠다.

공주에서 부여로 천도한 까닭은

버스에서 내리니 공주버스터미널 바로 앞이다. 금강 앞으로는 저 멀리 공산성도 보이는군. 시계는 오후 1시 30분을 가르키는데, 안타깝게도 부여 가는 버스는 1시 38분에 있구나. 배는 고프건만, 이를 어찌 할꼬? 그래 결심했다. 나는 빠르게 편의점에 들어가 초콜릿과 토마토 주스를 샀다. 이걸로 우선 버티고 부여에 가서 밥을 먹자. 이른 새벽에 계란과 우유에 콘프로스트 말아 먹은 것밖에 없어 솔직히 배가 고프지만, 여기서 부여까지 겨우 40분 정도 걸리니까.

버스를 타니 정시 출발이다. 안전벨트를 매고 주변을 보니 사람이 그리 많이 타지는 않았다. 그럼에도 부여로 가는 여행객 옷차림의 사람들도 좀 있는 듯하다. 백제 구경은 이처럼 여러 지역을 돌아다니는 묘미가 있다. 물론 깊숙이 들여다본다면 공주시만 해도 볼 것이 훨씬 많이 있기는 하지. 대표적으로 공산성이 있겠다. 그럼 떠나는 버스 안에서 공산성에 대한 추억이나 떠올려볼까?

현재 공산성은 대부분이 돌로 만들어진 성이지만 백제 시대에는 서울의 풍납토성처럼 토성이었다. 조선 시대에 돌로 성을 개축하면서 현재 모습으로 바뀌었다고 한다. 성 크기는 결코 작은 편은 아니다. 우선 길이가 2.2km 정도이며 면적도 21만 8717㎡ 수준이다. 이 정도면 임진왜란 때 김시민과 논개로 유명했던 현재의 진주성보다도 넓다. 다만 풍납토성과 비교하면 2분의 1 수준에 불과하다. 그러니 처음 이곳으로 피난 오듯 백제 왕족과 귀족들이 왔을 때는 성 규모나 기반 시설을 보고 좌절감을 맛보았을 법하다. 하지만 이 성의 장점은 공략하기 힘든 성 구조에 있다. 풍납토성은 평지에 위치하고 있어 막상 전쟁이 터지면 방어가 용의하지 않으나, 공산성은 산성인 관계로 성 입구부터 비탈이 심하다. 덕분에 성문으로 올라가면서 조금 헉헉거렸던 기억이 난다. 당연히 성 내부도 경사가 심한 곳이 많다.

공산성. 지금은 돌로 성벽이 세워져 있으나 백제 시대에는 토성이었다.

　　다만 백제 시대 언제쯤부터 성이 만들어졌는지는 알 수 없는데, 이 정도 규모의 성을 아무리 백제인들이라도 피난 오자마자 만들지는 못했을 것이다. 처음에는 나무 등으로 목책을 이용하여 성의 틀을 구축하다가, 어느 정도 여유가 생긴 뒤로 토성을 만든 것으로 보인다. 성 내부에는 추정 왕궁지도 있으나, 그 규모가 왕궁이라 보기에는 크지 않아서 지금도 왕궁이 맞는지 아닌지 다양한 설이 존재한다. 전문가들도 확신은 못하는 듯했다.

나도 이전에 추정 왕궁지를 직접 보았지만 잘 모르겠더군. 건물은 사라지고 현재는 터만 있는 장소이나, 그럼에도 전쟁을 대비한 창고 및 관아 같은 느낌이 강했다. 물론 비상시에는 궁궐 역할을 했겠지만… 글쎄. 이런 생각도 들었다. 산 위에 있는 공산성을 왔다 갔다 하는 것이 비탈길 때문에 지금도 쉬운 일이 아닌데, 당시 왕이나 왕족이 이 길을 쉽게 다닐 길로 생각했을까? 결국 토성은 위기 시 방어를 위한 방비책으로 존재하는 것이고 백제가 안정화된 이후 만들어진 궁궐의 위치는 현재는 주택이나 건물이 올라서 있는 공주 도심 어딘가가 아닐까 하는 생각도 들었다. 단지 내 생각일 뿐이다.

　　이렇듯 공산성은 여전히 비밀을 많이 가지고 있다. 다만 한 가지 분명한 것은 방어하기 좋은 자연 지형이지만, 웅대한 꿈을 펼치기에는 좁은 지역이라는 것이다. 이에 백제는 도읍지 이전을 통해 한 번 더 상승할 수 있는 기회를 만들고자 했다. 그럼 이 정도로 공주시와는 헤어지고 다음에 다시 만나기로 할까.

주춧돌 등장! 기와로 수를 놓은 관북리 유적

40분가량 쿨쿨 자고 일어났더니 도착이다. '벌써 도착?'이라는 느낌이 들 정도로 부여와 공주는 가까이 붙어 있다. 한편 부여시외버스터미널은 도심지 중앙에 있어 걸어서 여행하기에 최적화되어 있다. 우선 버스에서 내려 북으로 조금 걸어가면 옛날 백제 왕궁터로 알려진 관북리 유적이 나온다. 그리고 동으로 가면 정림사지, 국립부여박물관이 나온다. 남으로 쭉 내려가면 궁남지라 하여 인공 연못이 있다. 이처럼 시내 볼거리를 걸어서 다닐 만하도록 딱 중앙에 위치하고 있다는 사실. 문제는 처음 한 곳을 지정해서 이동한 이후에는 결국 다른 방향 목적지까지 그만큼 거리가 멀어지게 되니 이러나저러나 걷기 운동을 해야 한다.

배가 고프니 밥을 먹어야겠지? 오후 2시 20분인데, 그냥 터미널 길 건너편에 있는 롯데리아를 갈까 하다가 그래도 밥을 먹어야겠다는 일념에 북쪽에 위치한 관북리 유적까지 걸어가기로 한다. 가다가 끌리는 음식점이 보이면 먹도록 하자. 사실 걸어서 겨우 10분 거리다. 조금 걷다보면 성왕로터리라 하여 성왕 조각상이 위치하고 있다. 원으로 된 차선 중앙에 딱 자리잡고 있는 성왕, 앉아 계시는 것이 나름 힘이 있어 보인다. 이 도시의 창설자이니 저 정도 대우는 해주어야겠지. 비슷하게 도시 창설자로 인정받는 분으로 수원의 정조 등이 있으려나?

성왕을 뵈었으니 여기서 횡단보도를 건너 북쪽으로 조금만 더 걸어가면 관북리 유적에 도착한다. 그런데 때마침 원할머니보쌈 집이 보이는군. 그래 보쌈이나 먹고 가자. 빠르게 발걸음을 움직여 가게로 들어갔다. 인기가 많은지 시간이 좀 지났는데도 손님이 여전하다. 정식을 1인분 먹고나니 비로소 배고픔의 고통에서 해방되었다. 역시 고기는 구워서 먹는 것도 좋지만 그 육질의 맛을 그대로 즐기려면 삶아 먹어야 제 맛이다. 삶은 고기에 김치를 올려 먹는 이 맛은 그 어떤 맛과도 비교할 수 없는 감촉이랄까. 여기에 콜라까지 더해지면… 말을 말자.

기름진 맛으로 에너지가 충전되었으니 관북리 유적으로 마저 걸어가자. 이곳은 공원처럼 잘 꾸며져 있어 걷고 쉬기에 적합하다. 특히 부소산 바로 아래 위치한 이곳 유적지는 이미 여러 차례 발굴 조사를 통해 다양한 건물터를 발견했다. 그런데 이들 건물터 중 가장 눈여겨볼 장소는 35 × 19m의 면적에 동서 7칸, 남북 4칸 총 28칸 규모의 돌로 만든 기단이다. 돌로 만든 기단은 풍납토성에서 보기도 했으나 그 면적은 그리 넓지 않았고, 상당히 넓은 면적의 건물도 풍납토성에서 발견되었으나 주춧돌을 적극적으로 사용한 건물은 아니었다. 그런데 이곳 건물터는 돌과 기와를 섞어 높은 기단을 만들어 건물의 격을 올리고 주춧돌을 적극적으로 동원하여 단단한 기반 위에 나무 기둥을 올린 형태였으니, 건물의 크기와 기와의 사용, 더 나아가 전반적으로 건물이 지닌 외관상 권위도 상당했을 것으로 추정된다. 참고로 경복궁의 경회루가 34 × 28m이다. 경회루의 거의 70% 면적임을 알 수 있다.

　돌로 기단을 만들어 건물을 올린 형태는 조선 시대 건물, 특히 궁궐이나 사찰, 양반 한옥 등에서 흔히 봐왔던 터라 별 생각 없이 지나쳤을 수도 있다. 그러나 이 역시 건축 기술의 발전을 통해 어느 시기부터 적용이 된 것이다. 이 경우 지면으로부터 안정적으로 공간을 띄움으로써 습기를 예방하고, 비가 오더라도 땅으로 물이 빠르게 흡수되어 나무로 된 건물 기둥을 보호하는 데 더 용의해진다. 가장 중요한 것은 기와를 마음껏 활용하여 아무리 무겁고 화려하게 만들더라도 기초가 튼튼하니 끄떡없다는 점이다. 그런 점에서 기단의 활용은 건축 분야의 획기적인 발전을 의미한다. 관북리 유적에서 발견된 대형 건물터는 돌로 기단과 주춧돌을 함께 사용한 건물로는 한반도에서 발견된 것으로 가장 이른 사례에 해당한다. 이 역시 백제가 공주에 있던 시절 중국의 기술을 적극 도입하여 큰 사찰 건물을 만드는 과정 중 배운 것이 아닐까 싶다.

이외에도 이곳에는 완전히 기와로 기단을 만든 건물터도 있는데, 이는 기단을 만들 때 돌이 아닌 기와를 이용하여 쌓은 것을 의미한다. 이런 방식은 백제만의 독특한 기단으로 알려지고 있으며 나중에 신라, 일본까지 전해져 인기를 얻는다. 이를 '기와를 쌓았다' 하여 '와적기단(瓦積基壇)'이라 부르는데, 당연히 백제 유적지에서 주로 많이 보인다. 대표적인 예시가 있다면 우선 부여 정림사지가 있겠다.

기단뿐만 아니라 주춧돌도 이곳에서는 많이 존재하였기에 아예 이것들을 공원 한군데에 모아 전시해두었다. 그동안 백제 유적지에서 그리 찾기 힘들던 주춧돌이 부여에는 이처럼 많다보니, 근처 조선 시대 건물에도 백제 주춧돌이 사용되고 있을 정도다. 결국 백제인들이 다듬고 사용한 주춧돌은 그들이 사라진 이후에도 대대로 목조 건물을 올리며 주춧돌로 사용했음을 의미한다. 이는 곧 주춧돌 건물의 일반화가 서서히 이루어졌음을 보여준다.

이처럼 관북리 유적에 방문하면 백제가 부여로 수도를 옮기고 어떤 도시를 만들고자 했는지 느낄 수 있다. 규모 있는 넓은 평야가 위치한 부여에 신도시를 구축하면서 백제인들은 당대 동북아시아의 어느 도시보다 기술적으로 발전된 도시를 보여주며 자랑하고자 했던 것이다. 드디어 기와로 수를 놓은 건물들이 등장한 시기였다.

한강 수복했다가 다시 빼앗기는 성왕

국립부여박물관

　자, 관북리 유적은 이 정도 보고 다음 코스는 국립부여박물관으로 잡기로 하자. 참, 관북리 유적지에는 조선 시대 관청 건물도 위치하고 있다. 부여객사, 부여동헌 등이 그것으로 다름 아닌 백제 시대 주춧돌과 기단을 사용한 건물이 이들이다. 바로 그 뒤로는 현대 건축가인 김수근(1931~1986년)이 디자인한 구 국립부여박물관 건물이 있다. 1967년 준공 후 70년부터 국립부여박물관으로 잠시 쓰였던 건물이기도 하다.

　사실 부여의 박물관 역사도 만만치 않게 길다. 1929년 재단법인 '부여고적보존회' 가 발족되어 백제의 유물을 모아 이곳 조선 시대 관청의 객사에서 전시하게 된 것이 시작이다. 그렇게 국립박물관 부여분관으로 운영되다가 1970년 김수근의 건물로 이주하여 국립부여박물관으로 자리잡게 된다. 그러나 김수근이 설계한 건물의 모습에서 일본색이 너무 강하다는 비판 여론이 일어나고, 유물 조사를 통해 더 많이 소장하게 된 유물 숫자 때문에 더 넓은 공간이 필요하게 되면서 1993년, 정림사지 근처로 옮겨 가게 된다. 현재의 건물이 바로 93년에 이주된 그곳이다. 여기서 걸어서 20분 정도 걸리겠다. 그럼 또 걸어가보자.

음료수를 마시면서 도시 구경하며 걷는데도 심심하니 역사 이야기나 더 해야겠다. 그럼 걷는 동안 성왕이 이곳 부여로 수도를 옮긴 후의 백제를 이야기해볼까나.

성왕(聖王, 재위 523~554년)은 무령왕의 아들이자 백제를 더 큰 강대국으로 만들려다가 안타깝게 전사한 비운의 인물이다. 그러나 그의 노력과 헌신은 지금도 부여군에 남아 기억되고 있으니, 나는 개인적으로 그를 결코 실패한 인생이라 보지는 않는다. 국호를 '남부여'라고 성왕이 바꾼 것이 지금도 이어져 이곳 도시 이름을 부여라 부르는 것이니까.

성왕은 백제를 더 큰 나라로 만들기 위해 많은 노력을 했는데, 그중 하나가 외교전이었다. 이때에도 가장 큰 백제의 적은 고구려였고, 고구려는 무령왕 시절 백제가 한강 유역을 자신의 영토처럼 관리하는 것을 못마땅하게 여기고 있었다. 이에 고구려가 군대를 파병하면서 황해도 지역에서 큰 전투가 벌어졌는데, 성왕은 3만 명이라는 대군을 파병하였으나 큰 패배를 당하고 말았다. 고구려는 직접 왕이 전쟁에 참가할 정도로 이 전투를 중요시 여겼기에 벌어진 사건이기도 했다. 그 결과 다시금 한강 유역의 관리는 고구려 손에 들어갔다.

이에 성왕은 기본부터 다시 준비하였다. 신라와 외교 관계를 다시 수립하여 나제 동맹을 강화하고 일본에 불교를 전해주었으며, 가야를 압박하여 백제의 줄에 서도록 만든다. 특히 가야와의 관계는 미묘했는데, 당시 가야는 백제와 신라 사이에서 누구 쪽으로 편을 들어야 할지 큰 고민 중이었다. 고구려라는 강한 적 때문에 백제와 신라는 동맹 중이었으나, 그럼에도 가야라는 지역을 둘 다 양보할 생각이 없었기 때문이다. 거기다 신라의 노골적 압박에 가야 일부가 신라로 점차 합병되고 있었다. 가야인은 이런 상황에 겁을 먹은 상황이었다. 이에 성왕은 신도시인 부여에 가야인들을 불러 541년, 544년 회의를 두 차례 연다.

당시 부여는 사비라고 불렸는데, 성왕이 심혈을

기울여 만든 신도시였다. 앞서 아라가야(安羅國)는 길이 40m 너비 16m의 격 있는 회의 건물을 만들고 529년 안라 회의를 개최했는데, 그 건물은 면적은 넓으나 사실 초가지붕을 올린 것에 불과했다. 그러나 백제 수도는 앞서 보듯 주춧돌과 기단을 이용하여 화려한 기와를 얹은 왕궁 건물들과 왕궁 못지않은 규모의 사찰, 높은 목탑, 금으로 장식된 화려한 부처 조각 등이 존재했으니 가야인들 눈에는 놀라운 광경이었다. 이곳에서 성왕은 가야를 적극 지원하여 신라로부터의 압박을 백제가 막아주겠다고 약속한다. 그리고 가야 연맹국에게 중국 남조에서 받아온 보물들을 하사하며 백제 편으로 서도록 만든다. 결국 외교전에 성과가 있었는지 대부분의 가야 세력은 신라가 아닌 백제의 편에 서게 되었다.

이후 성왕은 가야, 신라와 함께 고구려를 공격하여 드디어 한강 유역을 다시금 수복하였으니, 이때가 551년이다. 백제가 외교로 묶은 다국적 군대 앞에 고구려는 맥없이 한강을 버리고 퇴각했고, 백제는 한강 하류의 6군을, 신라는 한강 상류의 10군을 점령한다. 파죽지세의 승리이자 성왕의 외교적 노력의 꽃이 핀 것이다. 하지만 백제의 승리는 여기까지였다. 신라의 분위기가 심상치 않으면서 백제는 빠르게 한강 유역의 영토를 포기하고 병력을 뒤로

빼게 되었다. 고구려에 대한 승리 직후 신라가 한강 유역을 적극적으로 차지하려 했기 때문이다. 이에 성왕은 자신의 딸을 신라 왕에게 보내 간신히 동맹을 유지하도록 하였으나, 결국 백제 내 태자를 비롯한 강력한 발언에 손을 들고 신라를 공격하도록 명한다.

백제는 뜻밖의 신라의 배신에 대한 분노로 동맹국인 가야와 일본 병력까지 동원하여 신라를 매섭게 공격하였다. 소백산맥에서 한강 유역으로 나올 수 있는 신라의 길을 점령하여 한강 진출을 다시는 할 수 없게 만들겠다는 것이 목표였던 것이다. 그러나 전장을 책임지는 태자를 지원하기 위해 성왕이 태자가 있는 곳으로 직접 이동하다가 그만 매복된 신라군에게 공격당하면서 사로잡혀 목이 베이고 만다. 성왕은 이렇게 위대한 백제의 꿈을 마저 완성시키지 못하고 서거하고 말았다. 왕을 잃은 백제는 결국 나라를 건 중요한 전쟁에서 패하게 되었고 신라의 부흥을 막지 못하게 되니…. 이 뒤로는 고구려가 아닌 신라가 원수가 되어 삼국 통일 마지막까지 대립하게 된다.

이처럼 위대한 백제를 건설했던 성왕이 마지막 단 한 순간의 승리를 놓치고 전사하면서 백제는 또다시 위기에 빠지게 된다. 한강 유역은 그 뒤로 다

국립부여박물관. © Park Jongmoo

시는 백제 영토가 되지 못했고, 오히려 백제는 가야
지역 지배권을 두고 신라와 수없이 전쟁을 벌이게
된다. 어렵게 성사시킨 가야 동맹도 성왕의 죽음 이
후 와해되어 신라 쪽으로 붙기 시작했기 때문이다.
하지만 성왕의 죽음에 대한 슬픔을 승화시킨 작품
이 뜻하지 않게 1993년, 부여에서 출토되었으니, 이
제 막 국립부여박물관에 도착한 김에 그 작품을 보
도록 하자.

인생에 한 번은 꼭 만나야 하는 백제금동대향로

국립부여박물관

사실 국립부여박물관은 규모가 그리 크지는 않다. 다만 2014년, 리모델링을 하면서 전체적으로 전시 구성과 내용이 산뜻해졌다. 부여 지역의 백제 유물이 주요 전시품인데, 문제는 부여가 백제 수도였던 기간이 불과 538~660년 사이라 약 120년 정도에 불과하다. 1000년 수도라는 경주도 7세기 이후 돌로 조각된 탑이나 불상이 눈에 띄는 유물 중 대부분이다. 이와 비교해볼 때 백제의 부여 시대에는 석조보다 보존하기 어려운 목조 건물이나 금동 불상 등을 많이 만든 시기이므로 지금까지 남아 있기가 쉽지 않았겠다. 거기다 신라에게 660년 멸망하면서 당시 존재했던 뛰어난 작품들도 대부분 약탈당하거나 사라졌을 것이다. 결국 이 때문에 일반인의 눈에 딱 띨 만한 작품이 그리 많이 보이지는 않는다. 한마디로 좀 화려하고 커다란 작품들 말이지. 그럼에도 누가 보아도 대단한 작품이 하나 있으니, 그 한 점을 보기 위해서라도 이곳은 반드시 인생에 한 번은 와야 한다.

오랜만에 방문했음에도 역시나 사람들은 그 작품 공간에 몰려 있구나. 가까이서 하나하나 세세하게 보는 사람, 사진을 찍느라 바쁜 사람, 설명 패널을 읽는 사람 등등. 오직 이 작품 하나만을 위해 만들어진 공간에는 빛을 은은하게 비추어놓고 벽과 바닥도 고급진 색으로 깔아두었다. 바로 그 작품이 '국보 287호 백제금동대향로' 다.

나 역시 마치 처음 만난 사람처럼 다시금 하나하나 뜯어서 본다. 가장 아래 받침에는 거대한 용이 연꽃과 산봉우리의 결합으로 하나가 된 세계를 떠받치고 있으며, 74개의 산봉우리에는 온갖 짐승과 식물 및 사람들이 등장한다. 그리고 가장 꼭대기에는 봉황이 날개를 펴고 서 있다. 64cm의 높이 속에 당대 백제인들이 가지고 있었던 철학, 즉 불교와 도교, 그리고 인간의 가장 근본적인 사랑인 아버지에 대한 효심도 느껴진다. 그런데 왜 아버지에 대한 효심일까? 여기서부터는 상상력이 조금 가미된 이야

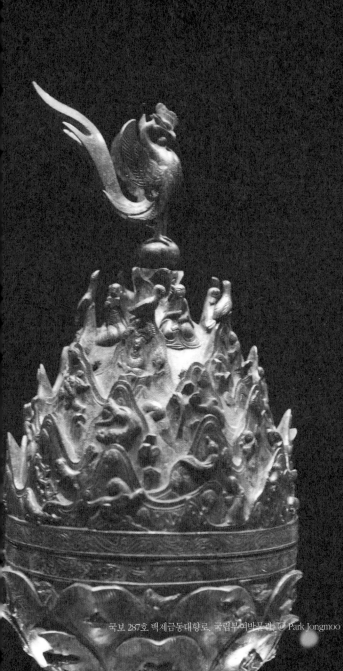

국보 287호 백제금동대향로, 국립부여박물관 © Park Jongmoo

국보 287호 백제금동대향로, 국립부여박물관 © Kim Hyunjung

기이다.

위대한 백제의 마지막 마무리에서 갑자기 서거한 성왕을 이어 백제 왕이 된 위덕왕(재위 554~598년)은 신라에 대한 복수를 위해 여러 번 신라를 공격하나 이미 기세를 얻은 신라를 쉽게 이길 수 없었다. 결국 한강 유역 수복과 같은 나라를 이끌 거대한 목표 의식이 없어지면서 백제는 한동안 크게 흔들렸으며, 왕 역시 귀족들의 발언권이 강해진 분위기 속에 운신의 폭이 좁아지고 있었다. 그 가운데 위덕왕은 즉위 13년에 부여의 백제 왕릉이 있는 능산리 고분 바로 옆에다가 목탑이 함께하는 사찰을 건립한 것이다. 그리고 탑에 들어갈 사리는 그의 누이인 공주가 공양했으니 그 내용이 국보 288호 '창왕명석조사리함'에 적혀 있다. 이렇게 만들어진 사찰은 백제식인 1탑 1금당 형식이었다.

세월이 지나 1993년, 능산리 고분의 주차장을 만드는 과정 중 이 절터의 서쪽 한 구덩이에서 백제 유물들이 출토된다. 그래서 더 깊게 조사를 해보니 백제 기왓장이 쏟아져 나온 곳 아래에서 금동대향로가 발견된 것이다. 웅덩이 속 진흙에서 1400년을 있었기에 산소를 접할 수 없었고, 그 덕분에 형체도 거의 그대로인 채 발견될 수 있었다. 그런데 백제금동대향로 주변에는 천 조각이 있었으니, 아무래도 천으로 곱게 싸서 급하게 숨겨놓은 것으로 파악되었다. 더욱이 조사 결과 사찰에 부속된 대장간 자리에 이 물건이 있었던 것으로 밝혀지면서 숨겨둔 물건이라는 것이 더욱 확실해진다. 그렇다면 그 시기는 660년, 계백이 김유신에게 전사하고 신라와 당나라 군대가 백제 수도로 물밀 듯이 쳐들어올 때가 틀림없었다. 이에 사찰의 누군가가 위급한 상황에서 급한 대로 귀한 물건을 천에 싼 채 보물이 숨겨져 있을 것이라고 아무도 생각할 수 없을 대장간에다 숨긴 것이다. 숨기고 얼마 되지 않아 사찰이 불타면서 지붕에 있던 기와가 쏟아지듯 내려앉았고 덕분에 완벽하게 백제금동대향로는 자신의 위치를 숨길 수 있었다.

그런데 능산리 고분에 만든 사찰은 위덕왕이 자신의 누이와 함께 세운 것이며, 이곳 부여에 처음으로 수도를 옮기면서 왕으로 지낸 첫 인물은 성왕이다. 또한 능산리 고분 첫 왕릉의 주인도 역시나 성왕이었다. 이야기를 이렇게 이어보면 당연히 백제금동대향로 역시 위덕왕이 자신의 아버지를 위해 사찰을 건립하면서 아버지의 영혼을 위해 향을 피울 때 사용한 것으로 보아야겠지. 결국 이야기 구조를 이처럼 따라가면 백제금동대향로는 비명에 죽음을 맞이한 백제의 위대한 왕을 위해 만들어진 어마

어마한 공력이 담긴 물건이었던 것이다. 그래… 이 작품을 본 것만으로도 난 백제를 이해하며 또 고마움을 느낀다.

한참 백제금동대향로에 빠져 있다가 시계를 보니 오후 5시 30분이네. 이렇게 된 거 박물관 마감 때까지 더 보다가 나와야겠다. 박물관은 평일 6시 마감이니까.

6. 정림사지

부여에서 1박

국립부여박물관에서 특별전까지 관람하고 나오니 6시다. 자 이제 어디로 가야 할까? 사실 1박을 할 예정으로 여행 왔으니 오늘은 이 정도 감상을 하고 끝내려고 마음을 먹는다. 은근 많이 걸었더니 다리도 아프고, 또 많은 것을 보았더니 머리도 꽉 찼다. 잠은 어디서 자지? 게스트하우스가 요즘 부여에서도 인기라고 들었는데, 여행 오기 전 검색해보다가 선택하는 것이 귀찮아서 포기했다. 역시나 매번 그렇듯 24시간 찜질방에서 자야겠다. 게스트하우스도 매력 있지만 저녁에 찜질방에서 땀을 흘리고 뜨거운 물에 몸을 담그며 쉬는 것만큼 여행의 피로를 풀기에 좋은 것이 없더군. 그래서 어느 순간부터 하루

자는 여행을 하게 되면 찜질방을 선호하게 되었다. 자고 아침에 샤워 하고 나오면 되고.

　다만 찜질방 가기 전에 부여 도심에서 저녁을 먹고 영화도 한 편 보련다. 점심을 조금 늦게 먹었더니 배가 아직 괜찮은 듯하다. 그럼 영화관부터 가보자. 부여는 시(市)가 아닌 군(郡)임에도 영화관이 두 곳이나 있다. 사실 한국인의 문화 생활에서 영화는 빼놓을 수 없는데, 전 세계에서 영화관을 방문하는 인구 대비 비율로 볼 때 1위라고 들었거든. 하지만 여전히 영화를 볼 수 없는 지역도 많다고 한다. 특히 군(郡)처럼 인구가 많지 않은 지역이 그렇다. 인구가 적어 영업이 쉽지 않아 그런 것이겠지. 그래서인지 운 좋게 지역 영화관이 있는 작은 도시에 오면 한 번씩 여유가 될 때 방문하여 영화를 한 편씩 보곤 한다. 나의 즐거움을 위해서도 그렇지만 역시나 이런 작은 영화관에 조금이라도 보탬이 되리라는 생각으로 말이지.

　오늘 갈 곳은 금성시네마라는 곳이다. 나름 부여군에서는 영화 부분에서 터줏대감이며 최근 리모델링을 통해 꽤나 현대식으로 좋아졌다고 들었다. 박물관에서 걸어서 20분 거리이니 또 걸어야겠네. 피곤해서 그런지 이제 백제 이야기도 머리에서 나오지 않고 그냥 묵묵히 길만 보면서 걸어가니 어느덧 부여의 번화가에 도달했다. 시외버스 터미널도 있고 영화관도 있고 여러 음식점에 은행, 병원 등이 있는 곳이다. 여기 번화가 안에 은행이 있는 건물 쪽으로 영화관이 있다. 홍보로 걸어둔 금성시네마 간판도 멋지다.

안으로 들어가서 영화 티켓 하나 사고, 남은 시간은 옆에 붙어 있는 코인 노래방에서 노래나 좀 부르기로 한다. 누구 노래를 부를까? 시간 때우기에 노래방만 한 것이 없다. 1000원어치 노래를 부르고 나오니 대충 영화 볼 시간이다. 딱 2개 관으로 운영되는 작은 극장이지만 팝콘 구입부터 영화 감상까지 대도시의 큰 영화관 느낌 그대로다. 오히려 의자는 더 편한 것 같다. 화면도 커 보이고 말이지.

영화를 감상하고 밖에 나오니 이제 완전히 어둠이 자리잡았다. 오후 9시가 훨씬 넘은 시간, 영화관에서 조금 걸어가다 부여중앙시장 내 왕곰탕식당에 들어가서 밥을 먹을까 했더니 문을 닫았네. 이것참…. 내일 먹어야겠다. 나름 맛집이거든. 그 옆에 귀촌부부도 유명세를 얻는 가게인데, 스파게티 등 젊은 층이 좋아하는 음식을 만드는 가게다. 그러나 스파게티를 혼자 들어가서 먹기는 좀 그렇지. 이미 음식을 주문하는 시간도 지난 듯하고.

시장 내 가게들도 하나둘 문을 닫는 것 같으니 음

식점 찾는 것도 귀찮아 할 수 없이 편의점에 들어가
저녁으로 컵라면을 먹는다. 궁상맞은 여행이 컨셉
이 아닌데, 이상하게 갈수록 그리 되고 있다. 이제
길 따라 일직선으로 쭉 10분 정도 더 걸어가면 오늘
의 숙소, '그린피아 24시 찜질방' 이다. 어서 들어가
서 뜨거운 물에 몸 좀 담가야겠다. 그럼 오늘 여행
은 이렇게 끝.

여전히 비밀이 많은 국보, 정림사지 5층 석탑

주변에 코고는 소리가 들려 깨어나니, 오전 6시 30분이다. 9시에 정림사지를 여니까, 아직 시간이 2시간 넘게 남았다. 자는 동안 전혀 들리지 않던 코고는 소리가 들리는 걸 보니 일어날 때가 되었나보다. 어제는 목욕탕에서 뜨거운 물에 몸을 담그고 나와 곧바로 찜질방 구석에 자리를 잡고 그대로 자버렸다. 피곤하긴 했나보다.

정림사지는 걸어서 20분 정도면 갈 수 있으니 나가기 전에 누워서 정림사지 정리부터 한 번 해볼까.

정림사지는 유명한 곳이기는 하나 여전히 비밀이 많은 백제 옛 사찰 터로 언제 누구에 의해 세워졌는지 전혀 기록이 없다. 다만 부여의 딱 중심부에 위치하고 있는데다가, 국보 9호 정림사지 5층 석탑이 있어 백제 시대에 중요한 절로 자리매김했던 것은 분명해 보인다. 특히 고려 시대에 만들어진 11세기 석불좌상이 정림사지의 탑을 마주보고 자리잡고 있어 고려 시대에도 절로서 기능을 하고 있었음을 알 수 있다. 11세기 석불도 나름 보물 108호의 작품이긴 한데, 민간에서 제작한 듯 순박한 모습이 인상적으로 귀티 나는 정림사지 5층탑과 대비되어 묘한 맛을 준다. 이는 나중에 방문해서 확인해보기로 하자. 이렇듯 백제 시대부터 고려 시대까지 절로 운영된 것은 분명하지만, 어느 시점부터 폐사되어 근현대까지 이어져왔다.

그렇다면 정림사라는 이름은 어떻게 알아낸 것일까? 중국 역사서인 주서(周書)에 따르면 "백제에는 승려와 탑이 매우 많다."라고 기록되어 있다. 실제 부여 주변으로 20개 이상의 백제 절터가 있다고 하는데, 대충 살펴보면 군수리 사지, 동남리 사지, 능산리 사지, 왕흥사지, 정림사지 이외에도 여러 절터에서 목탑과 사찰 건물의 터가 발견되었다. 이 중 능산리 사지에서는 앞서 이야기했듯이 위덕왕이 아버지 성왕을 위해 만든 석조 사리함을 통해 567년, 왕흥사지는 역시나 위덕왕이 죽은 왕자를 위해 만든 사리기를 통해 577년에 절이 조성되었음을 알 수 있었다.

하지만 탑 자리의 출토 유물로 인해 설사 절을 누가 언제 만들었는지는 알아냈어도 절 이름은 알 수 없어 현재의 지역 명칭을 가지고 절터 이름을 붙인 곳이 많다. 예를 들어 군수리에서 발견된 터이니 군수리 사지, 동남리에서 발견되면 동남리 사지, 능산리에서 발견되면 능산리 사지가 그것이다. 다행히도 위덕왕이 만든 왕흥사지는 '왕흥(王興)'이라고 찍힌 고려 시대 기와가 발견되어 왕흥사라는 이름을 알 수 있었다. 즉 왕흥사지는 만들어진 때와 이름까지 남겨진 얼마 되지 않는 백제 사찰의 예다.

운 좋게도 정림사도 왕흥사와 마찬가지였다. 이곳을 조사하는 과정에서 고려 시대 기와가 발견되었고 그 기와에 태평팔년무진정림사대장당초(太平八年戊辰定林寺大藏當草)라는 글이 씌어 있어 '정림사'라는 이름을 알아낸 것이다. 그 결과 기와가 출토된 이후부터 정림사지, 그리고 그 안의 석탑은 정림사지 5층 석탑으로 불리게 된다.

그렇다면 정림사는 언제 만들어진 것일까? 남아 있는 기록은 없으나 사실 알아내는 방법이 하나 있긴 하다. 확률은 반반이긴 하지만.

당시 사찰에는 탑을 반드시 세웠는데, 이는 저 멀리 인도에서 부처의 무덤을 만들면서 시작된 건축물이다. 부처가 열반에 든 후 그의 몸을 화장 하니 사리가 8섬 4말이 나왔다고 한다. 그러자 인도에서는 부처 사리를 여러 묶음으로 나누어 각기 탑을 만들어 보관하였다. 그러한 모습은 중국을 거쳐 한반도에도 이어졌으니, 사리를 탑 안에 모셔 부처를 대신하는 형상으로 탑을 올리고자 한 것이다. 하지만 문제는 사리를 구하는 것이 결코 쉬운 일이 아니라는 점이다. 부처님이나 고승의 몸에서나 나오는 것이니까.

그럼에도 만일 그 구하기 어렵다는 부처의 사리를 구하여 탑을 만든다면 그 공력과 가치는 남다를 것이 분명하다. 삼국유사에는 신라인이었던 자장율사가 중국에서 부처의 사리를 구하여 한국의 절에 모셨다는 내용이 있다. 양산 통도사를 필두로 오대산 월정사, 설악산 봉정암, 영월 법흥사, 정선 태백산 정암사 등이 그곳으로 이를 통칭하여 흔히 '5대 적멸보궁'이라 부른다. 덕분에 지금도 부처 사리를 보관한 장소를 친견하려는 사람들로 절은 북새통이다. 아마 중국인도 한국인도 부처 사리를 원하는 이가 무척 많았으니 그 성화와 열정에 부처님 사리 중 일부가 인도를 넘어온 것이 아닐까?

이처럼 부처의 사리는 진신사리(眞身舍利)라 하여 고승들의 사리에 비해 더 큰 대접을 받는다. 어쨌든 구하는 난이도가 높아도 사리 자체가 지니는 힘이 분명했기 때문이다. 그렇다면 왕흥사지, 능산리 사지에서 사리 관련한 물건이 탑이 있었던 위치 바로 아래에 등장한 것도 이해가 되겠지. 사리를 두고 그 위에 탑을 올려야 당시 기준으로는 완벽한 탑이 만들어졌기 때문이다. 즉 탑이라는 형체와 사리라는 영혼이 함께하는 것이라 보면 이해가 쉬우려나? 몸과 영혼이 함께해야 완벽한 사람이 되듯이 탑도 마찬가지라 생각했던 것이다.

한편 위덕왕이 만든 왕흥사지에서는 앞서 이야기했듯 온전한 사리함이 출토되었는데, 그 사리함에 다음과 같은 글귀가 씌어져 있었다. "정유년 2월 15일(577년) 백제 창왕(위덕왕)이 죽은 왕자를 위하여 사찰을 세울 때 2매였던 사리가 신의 조화로 3매가 되었다(丁酉年二月十五日百濟 王昌爲亡王子立刹本舍利二枚葬時神化爲三)" 즉 2개의 사리가 3개가 되었다는 신묘한 일을 쓴 것이다. 그러나 출토된 기물 안에는 웬걸 사리가 없었다는 사실. 2개의 사리가 3개가 되어 탑 안에 보관하였는데 그 뒤 탑 안에서 어느 시점에 사라져버리는 기적이 생긴 것일까? 해당 사리함은 국보 327호이다.

이처럼 사리함이 정림사지 5층 석탑 아래에 있다면 그곳에는 거의 50% 가깝게 탑이 만들어진 때와 만든 이에 대한 기록이 남아 있을 것이다. 사리함 중 그런 내용이 없는 것도 있어서… 절반 확률. 그런데 놀랍게도 정림사지 5층 석탑은 지금껏 단 한 번도 해체한 적이 없었다는 사실. 즉 탑이 허물어져서 사라진 후 도굴을 통해 사리함이 없어진 경우나 또는 탑 내부에 있던 사리함을 열어서 도굴해간 경우, 또는 근현대 들어와 조사 과정에서 탑을 해체한 후 내부에 있던 사리함을 꺼내 박물관 등에 보관하는 경우가 아니라 백제 시대부터 있는 그대로 과거 기록을 지닌 채 서 있는 탑이라는 의미다.

결국 정림사지가 언제, 누구에 의해 만들어졌는지는 한동안 알 수가 없는 상황으로 오랜 기간 지속될 듯 보인다. 그나마 사리함 조사를 하면 일말의 가능성이 있으나 현재도 탑을 해체 보수할 생각이 필요 없을 정도로 백제 시절 그대로의 완벽한 모습을 유지 중이기 때문이다. 다만 설사 기록이 있는 사리함이 있더라도 탑의 조성 시기만 알 수 있을 뿐 사찰의 조성 시기는 영원히 풀리지 않는 비밀이 될 가능성도 크다. 특히나 정림사지는 석탑과 사찰을 만든 시기가 다르다는 주장이 있기 때문이다. 대신 상상할 수 있는 여지는 더 남아 있긴 하다. 이러한 상상은 직접 방문하여 더 이야기해보기로 하고. 이제 서서히 일어나 씻고 나갈 준비를 해야겠다. 허리가 좀 아프네. 찜질방은 다 좋은데, 너무 오래 누워 있으면 힘들다.

정림사지 가는 길에 있는 백제 가마터

쌍북리 요지

찜질방에서 아침 목욕까지 하고 나오니 참으로 상쾌하다. 시계를 보니 오전 8시 20분이군. 곧바로 걸어가면 8시 40분. 9시부터 정림사지가 개방되니 시간 여유가 많이 있다. 아침은 어제 먹지 못한 영화관 근처 왕곰탕식당에서 먹기로 하고, 좀 걷다가 보이는 편의점에 들어가 토마토 주스와 초콜릿을 산다. 대충 이걸로 배를 때우고 움직여야겠다. 나는 여행을 다니면 매번 이처럼 먹는 것이 부실해진다. 보고자 하는 것을 가능한 많이 보려다보니 어쩔 수 없다. 여유 있는 여행을 하고 싶은데, 맘처럼 쉽지 않네.

시간도 남고 하니 정말 오랜만에 '부여 쌍북리

요지' 라는 곳도 들려보자. 부여에는 쌍북리 요지가 두 군데 있는데, 하나는 부여도서관 옆에 그리고 다른 하나는 부여문화원 근처에 있다. 두 개 다 쌍북리 이름을 가지고 있으나 사실 가보았자 볼 것은 없다. 부여도서관 옆에 있는 것은 마치 주택가 안의 못 쓰는 땅처럼 풀이 가득 있는 모습에 불과하고, 부여문화원 옆의 것은 언덕에 가마터라는 설명만 길가에 붙어 있다. 딱 이것뿐이다. 그래도 오늘은 그나마 정림사지 가는 길에 만날 수 있는 부여문화원 옆 쌍북리 요지를 가보려 한다.

걷다보니 길 왼쪽 편으로 홍선아파트가 보인다. 부여에서 아파트 단지가 모여 있는 곳으로 홍선아파트 옆으로 주공아파트, 왕궁아파트 등 3개 아파트 단지가 함께하고 있다. 유적지가 많은 곳이라 그런지 아파트도 10층이 최고 높이이며 대부분의 아파트는 5층이다. 덕분에 하늘을 가리는 것이 없어 눈이 편하고 좋다.

이렇듯 아파트 단지를 지나니까 어느새 쌍북리 요지에 도착했다. 부여 금성산 아래에 위치한 가마로 백제 시대에 사용한 것으로 조사되었다. 이곳에서 만든 토기와 기와가 백제 시대 궁궐과 사찰을 만드는 데 쓰였겠지? 실제 백제는 질 높은 토기와 기와를 잘 만드는 것으로 유명했다고 한다. 백제 토기나 기와는 박물관에서 동시대인 신라, 가야 것과 비교해보아도 한눈에 훨씬 질이 좋고 토기의 표면도 부드럽게 보인다. 분명한 기술의 차이가 있었던 것이다. 거기다 백제의 기와 만드는 기술은 일본에도 널리 전해졌으니, 그 이유는 다름 아닌 일본에서도 기와가 대량으로 필요한 시대가 시작되었기 때문이었다. 바로 아스카 시대(飛鳥時代)가 그것이다.

일본이 아스카 시대였던 당시 백제 위덕왕(재위 554~598년)은 나름 일본의 아스카 시대를 끌고가던 쇼토쿠 태자(574~622년)와도 인연이 있었다. 위덕왕의 아들인 아좌 태자가 597년, 외교관으로 일본을 잠시 방문했다가 쇼토쿠 태자의 스승이 되었고, 그의 초상화까지 그려주었기 때문이다. 태자의 일본 방문이라… 매우 흥미로운 일이다. 백제와 일본의 관계는 지금도 꽤 잘 알려져 있다. 한성백제 시대인 근초고왕 시기 일본과의 인연은 칠지도라는 유물로 증명되고 있으며, 그 뒤로도 왕의 동생이나 친족이 일본으로 건너가 활동을 하였다. 아참. 칠지도는 일본의 국보이자 우리에게도 무척 친숙한 유물이다. 일본의 국립박물관 전시에서 몇 번 본 적이 있는데, 묘한 느낌이 들었다. 금상감으로 당대의 글이 새겨져 있으니 특히 의미가 있다 하겠다. 백제는 이처럼 뛰어난 철기 기술과 문자 기술을 자랑하며 일본에 외교적 힘을 보여준 것이다. 이후 성왕 때 이르러 백제는 이번에는 또 다른 고급 문화인 불교를 전달해주면서 인적 교류를 더 크게 늘린다.

일본은 그동안 가야를 매개로 한반도와 중국 문물을 가져오고 있었다. 평양에 낙랑이 있던 시절부터 낙랑 - 가야 - 일본으로 연결된 루트가 이어진 것이다. 그래서 《일본서기》를 보면 유독 가야와의 관계에 집착하는 일본을 만날 수 있다. 무엇보다 철을 생산하지 못하던 일본에게 가야는 중요한 철 공급처이기도 했다. 철이 없으면 무기도 농기구도 만들기 어려워지지. 그러나 가야의 입지가 백제와 신라 사이에서 갈수록 줄어들고 백제는 고구려, 신라와의 결전에서 부족한 인적 자원을 일본으로부터 지원받으려고 했기 때문에 갈수록 백제와 일본 간 직접 통교가 늘어나게 된다. 때마침 간사이 지역을 중심으로 일본 내 커다란 정치 세력이 구축되고 사실상 지방 세력들이 아닌 일본 왕이 전면으로 등장하는 시기가 열리면서, 백제 왕실과 일본 왕실 간 교류도 더욱 적극적으로 이어진다. 한국인이 대중적으로 인식하고 있는 백제 왕실과 일본 왕실의 친밀한 관계의 이미지는 사실 이때 구축된 것이라 보면 좋을 것 같다.

이렇게 깊어진 백제와의 인연으로 만들어진 사

찰이 있으니 일본 최초의 사찰인 아스카데라(飛鳥寺)가 그것이다. 절(寺)을 일본어로 '테라'라 발음하니 아스카데라는 아스카의 절이라는 뜻이다. 더 풀어서 보면 '아스카라는 지역에 만든 절'이라 하겠다. 588년 시작으로 596년에 완공된 이곳은 백제와 고구려의 영향이 듬뿍 담겼으니 발굴 조사 결과 절의 가람 배치는 고구려식이나 탑 아래 사리를 보관하는 사리함은 백제식, 기와도 백제식, 초빙되어 일본 내 장인을 지도한 이도 백제인, 절에 모신 부처를 주조한 이도 백제인, 절을 만드는 데 후원한 이도 친 백제계 일본 귀족이었다. 그리고 절의 주지는 백제의 승려 혜총과 고구려의 승려 혜자, 이렇게 2명이 맡는다. 일본 왕도 초가집에서 살던 시절, 주춧돌과 기와를 처음 사용한 일본의 건축물이기도 했다.

당시 모습이 기록된 11세기 일본 역사서 부상략기(扶桑略記)에 따르면 일본 스이코 여왕 원년(593년) "아스카데라에 찰주를 세우는 법요식이 있었는데 만조백관이 백제 옷을 입고 구경하던 사람들이 기뻐했다."고 한다. 즉 일본 고위층들이 백제 옷을 입고 사찰의 사리함 위 목탑을 올리는 의식에 모인 것이다. 그리고 절이 완성된 다음 해에 위덕왕의 아들인 아좌 태자가 절 완공을 축하하며 방문했으니 백제 역시 해당 절에 대해 얼마나 관심을 보였는지 알 수 있다. 자신들이 겪었던 과정을 그대로 시간차를 두고 경험하는 일본을 보면서 문화적 우월감과 동시에 한강 유역을 신라에게 뺏기고 절치부심하던 시기 일본의 도움이 얼마나 절실했는지 느껴진다. 이 뒤로도 친 백제계 정치인이었던 쇼토쿠 태자는 시텐노지(593년 창건), 호키지(606년 창건), 호류지(607년 창건) 등 여러 사찰을 만들도록 하였고, 이들 사찰은 곧 일본 불교의 근간이 되었다.

나름 거대한 이야기를 담고 있는 부여의 남아 있는 백제 요지임에도 볼 내용과 설명까지 부족하니 조금 아쉽다. 이곳 비탈 언덕길을 따라 올라가봤자 볼 것은 정말 아무것도 없지만 대신 풍부한 이야기가 있어 들러보았다. 정림사지 가는 동안 뜸을 좀 들인 듯하다. 이제 다시 길을 따라 가자.

석탑, 혁명적인 디자인

정림사지 5층 석탑

정림사지 입구 주차장에 도착해 입구를 향해 공원 쪽으로 걸어갔다. 열릴 시간을 기다리다가 시간이 안 가는 듯해서 이번에는 바로 옆 백제초등학교, 부여중학교 쪽 거리를 좀 왔다 갔다 해보았다. 여기 학교 학생들은 정림사지와 정림사지 5층 석탑에 대한 추억이 남다르겠지? 창가에서 보면 딱 탑이 보일 테니. 부여 출신은 주변에 없지만 경주 출신 지인과 이야기해보면 고분이나 첨성대 같은 유적지에 대한 기억이 추억으로 많이 남아 있더군. 참 멋진 곳에 위치한 학교라는 생각이 든다. 그러고도 시간이 남아 입구 근처 벤치에서 더 기다리니, 드디어 9시로구나.

문이 열리자마자 티켓을 구입해 들어간다. 나름 1등 입성이다. 정림사지는 백제가 부여에 남긴 건축물 중 거의 유일무이하게 완전한 형태로 남은 것이다. 아 아니, 고분도 건축으로 포함한다면 유일무이는 아니겠구나. 부여 역시 능산리 고분이라는 왕릉이 있으니까. 음 여하튼 그만큼 역사적 가치도 상당하다 하겠다. 탑은 앞마당의 중앙에 위치하고 있다. 높이 8.3m에 귀티가 절로 나는 모습이다. 매번 그렇지만 막상 보면 꽤 크다는 사실에 놀란다. 그런데 비율적인 미감과 깔끔한 디자인, 왠지 모르지만 경주 불국사의 석가탑을 무척 닮았다. 모양이 닮아서 느껴지는 감정이라기보다 해당 탑이 만들어졌을 때의 국가적 분위기의 유사함에서 나온 비슷한 느낌이랄까?

정림사지 5층 석탑이 세워진 때에 대하여는 사리함 확인 없이도 다양한 의견이 존재하는데, 그럼에도 다수설은 639년 이후로 평가하고 있다. 익산의 미륵사지 석탑 해체 과정에서 639년에 건설한 기록이 발견됨으로써 디자인 전개상 정림사지 석탑은 미륵사지 석탑보다 뒤에 만들어진 탑인지라 그 이후로 보는 것이다. 그렇다면 660년 백제가 멸망했으니 백제 멸망 시점과 비교해 불과 20여 년 전에 탑이 만들어졌다는 의미인데, 이는 즉 사실상 백제 마지막 시기를 상징하는 건축물이라는 의미다. 거기다 마지막 백제 왕인 의자왕이 20년 간 왕위에 있었으니 결국 의자왕 시대에 만들어졌을 가능성이 크다고 보겠다. 이처럼 제작 시기를 군이 따져보면 딱 떨어지는 시기는 아니어도 어느 정도 시점은 맞춰진다.

그렇다면 백제 탑이 아닐 가능성은 없는가? 왜 백제 시대에 만들었다고 확신하지? 이런 질문이 있을 수도 있겠다.

그 부분에 대한 답은 정림사지 5층 석탑의 몸통을 보면 알 수 있다. 정림사지 석탑 몸통에는 "대당평백제국비명(大唐平百濟國碑銘)"이라 하여 660년, 백제 멸망 직후 당나라 소정방에 의해 비문으로 새긴 흔적이 남아 있기 때문이다. 눈으로는 글씨가 있다는 정도만 느껴질 뿐 잘 안 보이고 탑과 거리감이 익숙해진 상황에서 눈에 최대한 힘을 주고 쳐다보면 글귀를 새긴 것이 보일락 말락 할 정도이다. 그 상태에서 더 뚫어져라 보면 그나마 크게 전서체로 쓴 대당평백제국비명(大唐平百濟國碑銘) 정도는 보일 것이다. 이 이상 글자가 보인다면 그 눈은 인간의 눈은 아니라 하겠다. 매의 눈?

다만 실제 문장은 꽤 길어서 탁본을 하여 보면 다양한 정보가 들어 있다. 대부분은 당나라 군대 파견과 관련한 장수들의 공적 및 신라 측 인사 김인문 등이 이야기되고 있으며, 정벌 이유로는 백제 의자왕의 잘못을 "밖으로 곧은 신하를 버리고 안으로 요망한 계집을 믿어 오직 충성되고 어진 사람한테만 형벌이 미치며 아첨하고 간사한 사람이 먼저 총애와 신임을 받아"라 열거한 뒤 "그래서 우리가 정벌한다." 식으로 논리를 짜고 있다. 역사적 상혼 때문에 그런 건 아니고 실제로도 그리 재미있는 글은 아니다. 너무 포장이 요란한 문장이라 할까? 당시에는 이런 형식의 글이 유행이었다지만 좀 심하게 포장이 되어 백제 정벌 후 당나라 측도 대단히 흥분했던 것만은 느낄 수 있다.

그런데 왜 백제인들은 석탑을 만들었을까? 당시에는 목탑의 시대라고 하지 않았던가.

맞다. 백제는 목탑을 많이 만들었고 그 결과 일본에도 목탑 기술자를 보내 탑을 만들어줄 정도였다. 신라도 황룡사 9층 목탑을 만들 때 백제 장인의 도움을 받기도 했으니 가히 이 분야의 선진국이라 할 수 있겠다. 그런데 정림사지에는 석탑이 현재 존재하나 본래는 석탑 자리에 목탑이 있었다는 주장도 있으니…. 정림사지의 탑 주변을 조사하면서 목탑 내부에 주로 장식되던 흙으로 빚은 소조상들이 대거 발견되었기 때문이다. 어제 공주시에서 성왕이 만든 대통사 이야기를 하면서 목탑에 안치하던

정림사지 5층 석탑, 국보 제9호. © Park Jongmoo

고려 시대에 만들어진 11세기 석불좌상이 정림사지의 탑을 마주보고 있다. 보물 108호 © Park Jongnoo

나한상 조각이 대통사 유적지에서 발견되었다고 이야기했었다. 마찬가지로 동시대 중국, 일본도 목탑 안에 소조상을 안치했었는데, 그것이 백제 유적에도 그대로 적용된다면 목탑이 확실하게 다가온다. 그렇다면 여기서부터는 상상력을 가미한 가설이다.

1. 백제의 사찰 대부분은 금당 마당에 거대한 목탑을 세웠다. 그런데 목탑은 밑면적을 넓게 차지하기 때문에 탑과 어울리는 이상적인 건물의 비율을 맞추려면 상대적으로 마당을 크게 넓혀야 한다. 절의 규모도 그만큼 커져야 한다는 의미다. 하지만 석탑은 밑면적을 적게 차지하기 때문에 비슷한 효과를 주더라도 사찰 규모를 작게 해도 가능하다.

2. 실제 부여 군수리 사지의 경우 목탑의 평면적과 금당 마당 면적의 비율이 1대 12이다. 반면 정림사지의 경우 이 비율이 1대100이다. 그만큼 정림사지는 금당 마당에 공간적 여유가 생겨났다는 의미다. 하지만 정림사지는 지나치게 비율 차이가 나는 것으로 보아 석탑을 처음부터 의도하여 만든 것은 아니라 여겨진다.

3. 신라의 3층 석탑의 시원인 감은사지의 경우 석탑의 평면적과 금당 마당 면적의 비율이 1대 20이다. 감은사지가 탑 2개가 배치되어 있는 것을 감안해도 이 정도 수치가 목탑이 마당에 배치되었을 때

의 시각적 느낌과 비슷하게 다가왔음을 의미한다. 당연히 석탑이 중심이 되는 감은사지 규모는 사찰이 가지고 있어야 할 내용을 다 갖추었음에도 목탑이 있는 절보다 작다.

즉 1번에 따르면 목탑에서 석탑으로 탑을 바꾸면 여러 모로 효율적인 절 규모도 가능하지만, 2번에 따르면 정림사지는 그런 의도까지 넣어서 석탑을 만든 것은 아니라는 것이다. 즉 본래는 목탑이 있었을 가능성이 크다는 의미. 그리고 마지막 3번에 따르면 석탑으로 탑을 구성하여 효율적인 규모의 사찰을 디자인함으로써 이를 바탕으로 절과 탑의 숫자가 비약적으로 증가하는 것은 신라가 해냈다. 물론 백제의 영향으로 신라가 석탑을 도입하면서 만들어낸 성과다. 이처럼 백제가 만든 정림사지 5층 석탑은 의도하지 않은 디자인의 혁명을 가져왔으나 다만 그 꽃을 피운 곳은 백제가 아닌 신라였다. 우리가 일반적으로 알고 있는 신라 3층 석탑이 그것이니까, 이 정도로 정리하면 될까?

그럼 마지막이다. 처음으로 다시 돌아와 왜 정림사지 5층 석탑과 불국사의 석가탑에서 나는 비슷한 감정을 느끼는 것일까? 시대와 공간도 다른데 말이지.

백제는 무왕과 의자왕의 즉위 초반 큰 성공으로

신라를 크게 압박하는 등 다시금 전성기를 맞이하게 된다. 하지만 의자왕은 성공에 취해 어느 순간부터 향락에 빠져들었으니, 궁을 화려하게 꾸미며 새로운 건물을 짓기도 했다. 이렇듯 귀족적 문화가 풍미했던 어느 시기 정림사지 5층 석탑은 벼락, 화재 등과 같은 사고로 무너진 목탑을 대신하여 신기술을 자랑하듯 세워졌고 산뜻하고 깔끔한 귀족적 자태를 뽐냈다. 하지만 얼마 뒤 신라와 당의 공격으로 백제는 화려함을 남기고 역사에서 쓸쓸히 사라지고 말았다.

그로부터 약 100여 년 후 통일신라는 강건했던 나라 분위기는 점차 약해지고 왕과 귀족들은 향락과 물질적 즐거움에 빠져들고 있었다. 이때 신라 석탑의 가장 이상적인 모습인 석가탑이 만들어지고 있었으니, 통일신라 시대에서 가장 화려하고 부강했던 시기의 끝 무렵이기도 했다. 얼마 뒤 신라에서는 '96각간의 난' 이라 부르는 귀족들의 반란이 일어난다. 난은 겨우 진압되었으나 이로서 통일신라의 최전성기도 마무리된다.

이처럼 두 탑은 귀족적 문화가 화려하게 꽃피우지만 내부적으로는 아무도 모르는 새 나라의 붕괴 시점도 다가오고 있을 때 만들어진 마지막 꽃 같은 작품이었던 것이다. 그래서 두 작품을 볼 때마다 아

정림사지 중앙에 위치한 건물이 정림사 전시박물관이며, 아래쪽에 관북리 유적에서 임시 설명한 화적기단(火積基壇)이 보인다.

© Kim Hyunjung

정림사지박물관에 전시된 당시의 정림사지 5층 석탑 미니어처. 1탑 1
가람 형식을 보여준다. © Hwang Yoon

름다우면서도 무언가 처연한 느낌이 드는가보다.
내 개인적인 감정이다.

　다음 목표는 어디?

　정림사지 안에는 정림사지박물관도 있으니 꼭
방문하도록 하자. 사실 비어 있는 유적지를 보며 많
은 부분을 상상력으로 백제를 구성하는 건 결코 쉬
운 일이 아니다. 그러나 정림사지박물관은 우리에
게 다양한 시청각적 자료를 통해 그 상상력을 현실
감 있게 그릴 수 있도록 도와준다. 나 역시도 책이

나 자료 조사로는 한계가 있던 상상력이었으나, 이런 박물관의 도움을 받아 머리 안에 백제 이미지를 구체적으로 그릴 수 있었다. 덕분에 이제는 유적지의 주춧돌 모습만 보아도 그 위에 지어졌을 건축물이 얼추 그려진다. 박물관을 다니면 이처럼 상상력도 발전된다.

이제 슬슬 정림사지에 관람객이 들어오기 시작하는구나. 부여에서 최고 인기 있는 지역 중 하나이기 때문에 주말이면 주차장이 꽉 찰 정도로 사람이 많고, 평일도 낮 시간이 되면 꽤 모이는 장소다. 나는 누가 뭐래도 오늘은 1등 입성이라 가장 먼저 구경하고 자신 만만하게 밖으로 나간다.

한편 이곳 부여에서는 정림사지박물관처럼 구체적 백제 모습을 그려놓은 공간이 있다. 부여 백제문화단지가 바로 그곳이다. 부여군의 북쪽 금강 건너에 위치하고 있으며, 17년 간 공사를 하여 2010년에 1차 완공되었는데, 무려 3000억 원이 투입된 거대한 문화 복합 단지라 하겠다. 100만 평의 땅 위에 사비성(왕궁, 능사, 생활 문화 마을 등), 백제역사문화관, 한국전통문화학교와 숙박 시설(콘도, 스파 빌리지), 테마파크, 테마 아울렛, 골프장 등으로 구성되었으며, 그 뒤로도 1200억 원을 투입해 어린이 관광 부분을 더 보강하고 있다.

백제문화단지의 최고 볼거리는 '능사'라는 곳이다. 설명을 부연하자면 부여군 도심지의 동쪽 외각으로 조금 나가면 능산리 고분군이라 하는 백제 왕릉이 있다. 부여로 수도를 옮긴 뒤부터의 왕들이 묻힌 곳인데, 유물은 이미 도굴된 상황이라 거의 남은 것은 없지만 고분군과 부여 외곽 성벽이었던 나성, 그리고 백제금동대향로가 발견되었던 능산리 절터가 함께 자리잡은 장소다. 방문하면 나름 운치도 있고 슬슬 돌면서 구경하는 재미가 있다. 그러나 이역시 비어 있는 사찰터를 보며 그 규모와 건축물을 상상해야 하는데, 그게 쉽지 않을 수 있다. 이때 도움을 주는 장소가 바로 백제문화단지의 능사이다.

능산리 고분군에 존재했던 사찰을 그 규모 그대로 백제문화단지에 복원하였으니 5층 목탑이 존재하는 1금당 1탑 형식의 백제 사찰 모습을 직접 걸어다니며 확인할 수 있다. 특히 복원된 38m의 목탑을 보면 당대 위용이 얼마나 대단했는지를 느낄 수 있다. 저 멀리 강 건너 부소산에서도 탑이 보일 정도니까. 이런 탑이 백제 시대에는 수십 개가 존재했다는 것이니, 만약 이 모습이 현재에도 그대로 남아 있다면 마치 일본의 교토나 나라시의 목탑 전경처럼 다가왔을 것이다. 1400년 전 당시 백제 왕은 부소산에 올라 탑으로 가득한 부여를 보며 불국토를 만든 자신의 업적에 대단한 만족을 표했겠지. 우리는 그 광경을 재현된 탑 하나 외에는 볼 수가 없구나. 허무하다.

참, 부소산 이야기를 조금 하고 이야기를 마쳐야겠다. 부소산은 부여의 중심 되는 산으로 어제 방문했던 관북리 유적, 즉 왕궁 바로 위에 자리잡은 산이다. 전쟁 때를 대비하여 이곳에 산성을 만들었는데, 이를 부소산성이라 하나 지금은 성의 흔적을 찾아보기는 쉽지 않다. 다만 백제가 멸망할 때 삼천 궁녀가 금강으로 몸을 던져 죽음을 맞이했다는 전설이 깃든 낙화암, 그들의 넋을 위해 고려 시대에 만들어져 지금까지 이어지고 있는 사찰, 고란사(皐蘭寺)가 있으니 방문해보자. 고란사의 현 건물은 조선 시대 것이다. 그리고 고란사 옆에는 선착장이 있는데, 배를 타고 금강을 쭉 돌며 구경할 수 있는 여행 코스가 있다. 이 배를 타면 선장님이 이것저것 설명도 해주니 재미있는 경험이 될 것이다.

이제 부여 여행도 마감하려 하는군. 마음 같아서는 궁남지나 여러 유적지를 더 돌고 싶지만, 다음 목표가 있으니까 이만 헤어지려고 한다. 아침은 계획대로 왕곰탕식당에서 먹고 시외버스를 타고 익산으로 가야겠군. 시계를 보니 오전 10시 20분이다. 아침도 먹지 않고 너무 지체했더니 배가 많이 고프다.

7. 익산의 백제

유네스코 백제역사유적지구

2015년 7월 4일 유네스코에 의해 세계유산에 지정된 백제역사유적지구는 총 3개의 도시에 걸쳐 8곳이 포함되었다. 도시는 공주, 부여, 익산 3곳이며 각각 공주의 공산성과 송산리 고분군, 부여의 관북리 유적·부소산성·정림사지·나성, 익산의 왕궁리 유적·미륵사지가 그 주인공들이다. 그런데 문제가 발생한다. 승용차로 여행하는 사람이야 공주, 부여, 익산으로 그냥 차를 몰고 달리면 그만인데, 대중교통과 자신의 다리를 믿고 여행하는 이도 분명 있단 말이지. 이런 유형의 사람들은 백제역사지구 여행을 하다 큰 고민에 빠지게 된다.

공주에서 부여까지는 버스가 있고, 부여에서 공

주까지도 버스가 있다. 그러나 공주에서 익산, 부여에서 익산 가는 버스는 없다. 결국 유네스코에 백제역사지구로 함께 등록되었고, 먼 옛날에는 같은 나라였던 지역인데도 오직 익산만은 한 번에 가는 이동 수단이 없다는 슬픈 현실에 마주치게 된다. 그럼 이쯤에서 여행을 포기해야 하나? 그건 아니다.

우선 왕곰탕식당에서 늦은 아침 겸 이른 점심을 빠르게 먹고 나온 나는 부여시외버스터미널에서 오전 11시 30분에 출발하는 논산행 버스를 탔다. 버스는 금세 도착하여 12시에 논산시외버스터미널에 도착한다. 논산… 이곳은 육군 훈련소가 있는 그곳이 아닌가? 잠시 추억에 잠긴 듯 공기를 마시다가 나는 공군 출신이라 논산 추억은 전혀 없으니 패스하고, 빠른 걸음으로 논산역으로 가서 호남선을 탄다. 12시 24분 무궁화 기차를 타고 30분쯤 가면 익산역에 1시 바로 직전에 도착한다. 거참 바쁘게 걷고 환승하며 타고 도착했다. 유네스코에 함께 들어간 이상 세 도시를 함께 여행하는 사람도 있을 테니 직통 버스가 생기면 좋겠지만, 사실 돈이 되지 않으면 안 만드는 것이 당연한 것이기도 하겠지. 이해는 되지만 한편으로는 아쉽다.

자, 익산역에서 나와 광장을 건너 대한통운 정류장에 서 있으면 여러 대의 버스가 익산 미륵사지를 향해 간다고 되어 있다. 그럼에도 우선 편의점에 들러 껌과 토마토 주스를 사면서 사는 김에 과자도 좀 샀다. 장기전의 느낌이 들었기 때문이다. 이윽고 버스 정류장으로 가서 과자를 먹으며 기다려본다. 이곳은 정말 버스가 자주 오지 않는다. 한 대가 출발한 뒤 해당 버스가 1시간 이상을 달려 최종 버스 정류소로 들어간 후, 정말 한참을 지나야 다음 버스가 배차되는 형식이라 지루한 기다림은 계속된다. 여기서 잠깐. 주말과 공휴일이라면 익산역 앞에서 출발하여 미륵사지를 도는 시티투어 버스도 있으니 주말이나 공휴일에 여행하는 것도 좋겠다. 버스는 오전 10시부터 오후 4시까지 1시간 간격으로 운행하고 있으며 표를 한 번 끊으면 그날 하루 동안은 시티투어 버스를 자유롭게 탑승이 가능하도록 운영하고 있다. 그런 만큼 여행 난이도도 훨씬 낮아진다. 그러나 오늘은 평일이니 나는 하염없이 자리를 지키고 기다리고 있다. 그렇게 한 30분 정도 있었나? 천천히 먹던 과자도 다 떨어질 때쯤 드디어 버스가 오는군. 조금만 더 인내하지 못했으면 택시를 탈까 하는 생각도 들었다.

버스를 타고 미륵사지를 향해 간다. 버스 안에는 나 외에 여행객 스타일의 사람은 보이지 않는다. 공주, 부여와 달리 평일에는 여행객이 그다지 많이 오지 않나보다. 아님 자가용을 이용하든가. 이 버스는 흥미롭게도 익산의 백제 유적 3군데를 다 도는데, 우선 쌍릉이라 하여 백제 무왕의 능이 있는 곳을 지나고, 금마공용버스터미널에서 내리면 백제 왕궁리 유적까지 조금 거리는 있으나 어쨌든 걸어서 30분 거리이다. 그리고 마지막은 미륵사지까지 간다. 나는 미륵사지를 목표로 우선 정했으니 50분 가량 버스를 타며 익산 주위를 구경해본다. 도심지를 나가자 넓게 펼쳐진 논이 보인다. 이 주변으로 김제평야, 대도시 전주 등이 있으니 한국을 대표하는 곡창지대이긴 하군. 김제평야 하니까 330년 백제가 만들었다는 벽골제가 생각나는걸. 기록상 한국에서 가장 오래된 저수지와 제방으로 그 위치가 현재의 김제평야이다. 지금도 벽골제는 유적으로 남아 있으며 그 옆에는 벽골제민속유물전시관이라 하여 박물관도 있으니 혹시 관심 있는 분은 가보도록 하자.

그런데 왜 익산 주변에 이처럼 백제 유적이 많이 존재하는 것일까? 물론 당시 백제 영역이었으니 백제 유적이 있는 것은 이해가 되지만, 벽골제는 제외하더라도 미륵사지처럼 당대 한반도 최대 규모의 사찰, 왕궁리 유적처럼 궁으로 쓰였던 자리, 그리고 마지막으로 백제 무왕의 능까지 하나하나가 존재감이 있는 유적들이다. 이는 무왕(武王, 재위 600~641

년)이라는 인물과 큰 관련이 있으니, 지금부터는 무
왕에 대한 이야기를 좀 해볼까.

서동요의 주인공, 무왕과 익산 미륵사

　　백제 의자왕의 아버지이자 마지막에서 2번째 왕
이었던 무왕. 그는 은근 대중적으로 잘 알려진 백제
왕으로, 신라 공주와 결혼했다는 삼국유사의 일화
덕분인 듯하다. 이 이야기 속에 그 유명한 서동요가
등장하는데, 노래는 다음과 같다.

　　善化公主主隱
　　他 密只 嫁良置古
　　薯童房乙
　　夜矣卯乙抱遣去如

　　선화공주님은

남 몰래 사귀어
서동[薯童] 도련님을
밤에 몰래 안고 간다.

《삼국유사》 무왕 편

삼국유사에 따르면 무왕은 마를 캐어 팔며 살았다고 한다. 신라 진평왕의 셋째 딸인 선화공주가 아름다우나 짝이 없다는 말을 듣고 신라로 가서 아이들에게 위의 서동요를 부르게 했더니, 신라 왕이 단단히 화가 나 딸을 궁에서 쫓아냈다. 그러자 나타난 서동은 공주를 데리고 백제로 돌아왔는데, 이후 공주의 선견지명으로 금을 통해 큰 부를 얻더니, 끝내는 백제의 왕이 되었다. 왕과 왕비가 된 그들은 미륵삼존이 출현한 못에다 왕비의 청으로 미륵사를 지었으니 이에 진평왕도 여러 장인을 보내 도왔다. 그 절은 지금도 남아 있다.

삼국유사의 이야기가 진실인지 아니면 후대에 포장되어 만들어진 전설인지에 대해서는 다양한 의견이 존재한다. 그래서 더욱 삼국유사 이야기가 흥미롭게 다가온다. 어디까지가 진실이고 어디까지가 전설인지 구분하는 과정이 요구되기 때문이다.

때마침 지금 막 익산 쌍릉 정류장을 버스가 지나가는군. 오늘은 시간상 방문하지 않을 계획이지만 여기서 내려 10분 정도 걸어가면 언덕에 큰 고분과 그보다 조금 작은 고분이 존재하니, 이를 합쳐서 쌍릉이라 부른다. 이에 각각 대왕묘와 소왕묘라고 이름을 붙였다. 공원처럼 잘 꾸며져 있으니 시간이 되면 방문해보자. 이곳 고분은 일제 강점기 시절에 이미 조사를 마쳤고, 근래에 우리 고고학 조사로 조사를 더했다. 그 결과 규모 면에서 왕릉 급으로 평가되었으니, 내부 형태가 부여에 위치한 백제 왕릉과 유사한 모습인데다 그 크기도 더 컸기 때문이다. 도굴로 인해 유물은 이미 남은 것이 별로 없었으나 재조사 과정에서 다양한 전문가의 토론과 조사 끝에 대왕묘에서 발견된 뼈의 주인이 무왕이 틀림없다는 결론으로 마무리된다. 나름 한반도에 남아 있는 마지막 백제 왕의 능이다. 그의 아들 의자왕은 당나라로 끌려간 뒤 중국에 묻혔고, 근래 가묘만 한국에 만들었기 때문이다. 문제는 소왕묘의 주인이 누구인가였는데, 신라의 선화공주 이미지가 워낙 강하다 보니 조그만 가능성만 보여도 무왕의 짝으로 연결시키려는 주장이 이어졌기 때문이다.

하지만 무왕의 삼국유사 속 신라와 인연은 아름다우나, 실제 신라와의 인연은 악연 중 악연이었다는 점이 다르다. 그는 즉위하여 얼마 되지 않은 시점부터 신라와 전쟁을 벌였으며, 그 뒤로도 신라와는 끊임없이 전쟁을 하였으니 말이다. 성과도 나쁘지 않아서 백제의 강공에 신라는 조금씩 위축되기 시작하였으며, 무왕은 자신의 업적에 자부심을 얻게 된다. 얼마나 치열한 백제와 신라의 다툼이었는지, 신라가 다급하게 중국에 사신을 보내자 황제가 두 나라 간 중개 의사를 보일 정도였다. 상황이 그런데도 이러한 백제 왕의 부인이 신라 왕의 딸이었다는 삼국유사의 기록, 믿을 만한 사실일까?

내 개인적인 생각은 다음과 같다. 미륵사는 당시 한반도 내 가장 규모가 큰 절 중 하나였다. 앞서 백제의 사찰 모습에 대해 설명하면서 1탑 1가람이라고 반복 이야기했었는데, 미륵사는 3탑 3가람 형식이었다. 한 마디로 일반 백제 사찰을 3개 겹친 형태였다. 즉 곱하기 3으로 만든 것이다. 물론 면적과 규모는 일반 백제 사찰과 비교해 곱하기 3이 아닌 곱하기 10배 정도였지만 말이다. 그런 만큼 가운데에는 9층으로 추정되는 커다란 목탑이 있었으며 목탑 좌우로는 역시나 9층으로 추정되는 석탑을 세웠다. 그리고 각기 탑 앞에 가람을 만들어 총 3탑과 3가람이 함께하는 사찰이 된다. 탑과 사찰 건설로 유명한 백제이지만, 그들에게도 보기 드물게 거대한 공사였을 것이다. 이에 미륵사 건설에 35년이 걸렸다는 삼국유사 기록도 있다. 아마 사찰 건설을 포함한 전반적인 무왕의 익산 건설 사업을 합쳐서 만든 수치 같기는 하다.

그런데 고대에 이처럼 거대한 사찰을 만들 때는 '반드시'라 할 정도로 위대한 전설이 붙게 마련이다. 경주의 황룡사가 그렇듯 말이지. 황룡사는 그 터에서 용이 나타났다는 이야기가 있었고 그 뒤로도 여러 기이한 일이 생긴 장소이기도 하다. 다만 신라는 최종적으로 역사의 승리자가 되었기 때문에 여러 전설을 예쁘게 포장하고 숙성시킬 수 있는 시간이 있었다. 반대로 백제는 그렇지 못했다. 현대 들어와 미륵사지 석탑을 해체 복원하는 과정에서 639년, 석탑을 조성했다는 사리함이 발견된다. 이로 서 미륵사지는 660년 백제 멸망 때까지 길어야 겨우 20년 정도 백제 사찰로 존재했다는 의미다. 이 정도 짧은 기간이면 설사 무왕이 아무리 뛰어난 왕일지라도 백제인으로의 한계에서 벗어난 독자적 전설을 구축하기에는 시간적 한계가 분명히 존재했다.

그 이후로 미륵사지는 어떻게 되었을까? 다행히 신라인들도 이 절을 계속 사찰로 사용하였으니 《삼국사기》에는 통일신라 성덕왕 18년(719년) 가을에 미륵사에 벼락이 쳤다는 기록이 있으며, 통일신라 유물도 여럿 출토된 것으로 알 수 있다. 경주에서도 관심을 두는 사찰로 존재했음을 의미한다. 고려 시대도 마찬가지여서 고려 시대의 기와 그리고 고려 청자 파편 등이 출토되었다. 고려 시대에도 꾸준히 사찰로서 명맥을 유지했음을 의미한다. 문제는 이곳이 옛 백제 영토였던 곳인지라 설립자는 백제 무왕이나 현재는 신라인이 운영하는 것에 대한 피정복민도 이해할 만한 스토리텔링이 필요했다는 점이다. 그 결과 어느 시점부터 무왕과 선화공주 이야기가 주장되면서 미륵사의 전설로 꾸며진 것이 아니었을까? 나름 설화에 따르면 선화공주도 미륵사 창건에 큰 지분이 있으니 백제의 것만은 아니고 신라도 지분 주장이 가능하다는 이야기로? 이에 진평왕이 미륵사 설립에 도움을 주었다는 삼국유사 기록도 곱씹어볼 필요가 있겠다. 사실 절이 한창 건설될 때에는 진평왕의 딸인 선덕여왕(재위 632~647년)이 신라 왕이었기 때문이다. 이 모든 것이 미륵사에 대한 신라의 일정 지분을 의미하고 있다.

역사적으로 이런 식으로 만들어지는 설화는 이외에도 여럿 발견할 수 있다. 예를 들면 후백제 왕이었던 견훤은 본래 신라 땅인 상주의 호족 집안 출신에 경주에서 무장으로 시작한 이력을 지니고 있었다. 그러나 신라 정부에 의해 파견된 옛 백제 땅에서 공을 세운 뒤 왕을 칭하며 후백제를 건국하였고 그 결과 그의 조상에 대한 이야기도 여럿 전해지게 된다. 견훤이 의자왕의 후손, 즉 백제 태자였던 부여융의 자손이라는 이야기부터 백제가 멸망한 후 상주로 옮겨온 백제인의 후손이었다는 설 등이 그 것이다. 이처럼 지배층과 피지배층이 출신 성분이 다를 경우 이에 맞추어 이야기를 조작, 구성하는 것 은 어쩌면 당시 사회 분위기에서는 당연히 필요했 던 작업일 수도 있겠다. 무엇보다 통일신라 측에서 도 익산, 김제, 전주 등의 논밭에서 만들어지는 쌀과 물품들이 중요했던 만큼 통치 수단에 있어 이 지역 상징적인 건축물에 신라의 인연을 강조하는 것이 불필요한 일은 아니었을 테니까.

결국 선화공주의 실존 여부를 넘어 서동요 역시 경주가 아니라 오히려 익산에서 불리던 노래가 아니었을까? 나는 그렇게 생각하고 있다.

미륵사지 석탑의 위용

익산에서도 오랜 여행 끝에 미륵사지에 도착했다. 시계를 보아하니 벌써 오후 3시가 가까워지고 있군. 역시나 익산 백제 유적지는 가능한 자가용으로 와야 하는 것인가? 힘들게 도착은 했으니 버스에서 내려 조금 걸어가본다. 주차장에는 승용차가 좀 보이는군. 평일임에도 관광객들이 있나보다. 입구로 들어서자 참 넓고도 넓다. 미륵산 아래 위치한 사찰의 규모가 지금 눈으로 보아도 시원하게 펼쳐 있네. 주차장 자동차 숫자만큼이나 관광객들이 보인다. 그래도 익산 관광의 중심지로군.

현재는 텅 비어 있는 공간에 미륵사지 석탑 두 개만 서 있기는 하다만, 여기까지 백제 여행을 쭉 함께

미륵사지 전경. © Kim Hyunjung

1994년 새로 만들어진 동탑도 이제 나이를 좀 먹어서 그런지 이곳과 어울린다. 목탑 부지는 여전히 비어 있어 눈을 감고 상상으로 목탑을 그려 보기 좋다. ⓒ Hwang Yoon

2018년 여름, 가건물을 철거하기 전 복원이 거의 완비된 탑 모습.
© Hwang Yoon

했으니 이제는 상상력을 발휘하여 눈을 감고 그려보자. 아래에서는 경사가 있어 잘 안보이겠지만 기단과 주춧돌이 가득한 건물 터를 기반으로 자연스럽게 건물들을 하나씩 그려내면 당대 화려했던 모습이 머리에 충분히 만들어질 것이다. 다 그렸다면 빠르게 이동. 못 그렸다 해도 실망 말고 바로 옆 국립익산박물관에 들려 미륵사 재현 미니어처를 보고 정답을 확인하면 되니 역시나 빠르게 이동이다. 어디로? 당연히 미륵사지 석탑이지.

석탑 중 오른편에 위치한 동탑은 1994년, 사라진 동탑의 터에 새 돌을 자르고 올려 마치 새 것처럼 복원한 것이다. 반면 왼편의 서탑은 백제 때부터 오랜 세월 이어오던 석탑이다. 특히 서탑은 2001년부터 해체를 시작하여 2009년, 탑의 뿌리인 심주에서 사리장엄구를 발견하였고 2018년 여름부터 완전히 복원되어 다시금 공개되었다. 그런 차이가 있음에도 어느덧 동탑도 연차를 꽤 먹어서 그런지 이제는 이곳과 어울리는 맛이 조금씩 나기 시작했다. 다만 돌을 기계로 너무 새것처럼 갈아서 여전히 가까이서 보면 정이 들지 않는다. 그냥 적당한 거리를 두고 "아, 본래 저런 모양이었구나!" 정도로 이해하면 좋을 듯하다. 그럼 진짜 주인공 서탑을 볼까.

어릴 적 학교 단체 여행이나 가족 및 친구 여행을

제외하고 이 탑이 해체된 순간부터를 따진다면 나는 총 세 번 이곳을 방문한 것 같다. 그렇다면 오늘로서 네 번이 되는 거군. 해체 후 내가 첫 방문한 때에는 거대한 사각 가건물이 미륵사지 석탑 위로 씌워져 있었다. 내부로 들어가면 돌을 많이 들어내 이미 키가 낮아 있었고, 작업을 위해 만든 나무틀이 석탑 옆에 가득 서 있었던 모습이었다. 그 다음으로 시차를 두고 방문했을 때에는 탑의 모든 돌이 제거되고 바닥의 모습만 남아 있었다. 가장 최근의 방문은 2018년 여름으로 가건물을 철거하기 전 완성된 탑을 구경할 수 있다고 언론에 공개했을 때였다.

덕분에 정말 오랜만에 방문하게 되었는데, 아직 남아 있던 가건물 계단을 따라 올라가서 탑을 위에서 내려다볼 수 있는 각도로 여한 없이 보았던 기억이 난다. 이때 함께 간 친구에게 "우리가 죽었다 살아나지 않는 한, 이 탑을 이 위에서 이런 각도로 볼 수 없을 것"이라 말했었지. 수십, 또는 수백여 년 뒤 또다시 미륵사 탑을 복원하게 되어 가건물이 씌어져야 볼 수 있을 모습이었으니까. 이때 눈앞 가까이서 가능한 미륵사지 석탑을 피부 하나하나 눈에 새기듯 보았던 것 같다.

이제 가건물도 없어지고 시원하게 자리잡게 된 미륵사지석탑, 본래 9층 중 6층만 남았지만 그럼에도 그 옛날 백제인의 손길이 전해지는 듯 살아 있는 탑의 모습이다. 그만큼 거의 20년에 걸쳐 복원을 참 열심히 잘한 느낌이 든다. 감동은 이 정도로 하고 이제 탑 설명을 조금만 해보도록 하자. 한국은 석탑의 나라라 할 만큼 석탑이 많이 있다. 특히 신라 3층 석탑은 석탑의 모본처럼 이미지가 그려지는데, 전국에 3층 석탑이 얼마나 많은지 그 수를 셀 수 없을 것이다. 그러나 이들 석탑의 조상 중 조상이 있었으니 그것이 바로 미륵사지 석탑이다. 미륵사지 석탑 이후 돌로 탑을 만드는 것이 하나의 문화가 되었기 때문이다.

미륵사지 석탑은 기본 형태가 목탑을 무척 닮아 있다. 표면에 나무 기둥처럼 깎은 돌기둥, 목탑이라면 기와로 덮여 있을 지붕의 곡선도 돌 처마 끝을 날렵하게 조금 올려서 기와 곡선을 비슷하게 만들어 내고 있다. 또한 목탑을 만들 때 나무를 자르고 다듬어 하나하나 결합하듯이 돌을 하나씩 잘라 결합하듯 탑을 쌓았다. 재료의 한계상 완전히 목탑의 그 것을 따라하지는 못했겠지만 최소한 비율이나 전체적인 디자인은 당시 목탑의 모습을 많이 따라했을 것으로 보인다. 즉 미륵사의 중앙에 위치했던 목탑도 높이는 훨씬 높았지만 비율과 디자인은 석탑과 비슷했을 것이 분명하다.

국립익산박물관에 있는 미륵사 목탑 미니어처.

© Hwang Yoon

익산 미륵사지 석탑, 국보 제11호, © Kim Hyunjung

그런데 탑이 전체적으로 육중한 느낌이 든다. 예를 들어 부여 정림사지 5층 석탑이나 부여백제문화단지 내 재현된 5층 목탑과 비교해서 그렇다. 이들 부여 탑들은 귀족적이고 날렵한 맛이 있는데, 이와 비교하여 미륵사지 석탑은 단단하게 안정된 모습이다. 물론 9층이라는 무거운 무게를 이겨냈던 밑부분만 남고 탑 윗부분은 사라져서 그런 것일 수도 있으나 이러한 디자인이 부여와 다른 익산 탑만의 개성이 아닐까 하는 생각을 해본다. 기존의 5층이 아닌 더 높은 9층이다 보니 기술적으로나 재료적으로나 여러 모로 고민하여 만들어진 결과였겠지.

내 개인적으로 미륵사지 석탑에서 가장 관심을 두고 보는 부분은 지붕돌을 받쳐주는 넓적한 돌들이다. 자세히 보면 목탑이라면 기와가 배치될 지붕 모양의 돌 아래 마치 거꾸로 된 계단처럼 조금씩 면적을 적게 하며 지붕을 받쳐주는 돌이 보일 것이다. 가만히 세보면 3단 정도 돼 보인다. 이를 통해 안정적으로 지붕을 지탱해줌으로서 지붕돌이 목탑 지붕만큼 더 뻗어나갈 수 있도록 도와주는 것이다. 즉 당시 백제 장인들이 돌로 얼마나 목탑 형식을 닮게 만들려고 고민하고 노력했는지 알 수 있다. 이처럼 지붕 모양의 돌을 받쳐주는 돌을 '층급 받침'이라 부른다. "층처럼 계단 형식으로 급을 두며 받치고 있는 돌"이라는 의미다.

한편 역시나 흥미로운 점은 사람이 만드는 물건은 최초의 재료로 무언가가 새로이 등장하더라도 처음에는 기존 물건의 디자인을 유사하게 따라가는 부분이 있다는 것이다. 예를 들어 도자기를 보면 중국의 초기 청자들은 청동기 기형을 따라 만들어졌고, 이후 도자기만의 특수성이 부각되면서 청동기와 다른 도자기만의 개성 있는 디자인으로 발전된다. 석탑도 마찬가지였다. 백제의 첫 시도는 목탑의 그것을 가능한 닮게 만드는 것이 목표였으며 이에 지붕, 처마, 기둥 등 형식에서도 목탑의 그것을 닮게 석탑을 구성한다. 그러나 석탑도 자신만의 재료 개성이 점차 드러나게 되면서 석탑만의 특별한 디자인이 만들어지니, 이렇게 등장한 새로운 디자인으로 결국 석탑의 시대를 열게 된 것이다. 물론 앞서 이야기했듯 그 시대는 백제가 아니고 신라가 해냈지만…, 어쨌든 입구를 연 것은 누가 뭐라 해도 백제였다.

그렇다면 왜 백제인들은 석탑을 만들 생각을 했을까?

아무래도 부여로 수도를 이주한 뒤부터 더 적극적으로 쓰게 된 돌을 통한 작업들, 즉 주춧돌과 기단을 기반으로 거대한 건축물을 건설함에도 과거와는 비교도 될 수 없게 안정적임을 경험하면서 돌에 대한 자신감이 붙은 것으로 생각된다. 이에 부여 관북리 유적에서 발견되었던 기단을 지닌 큰 건물터 형태가 부여 궁남지 옆 유적지, 익산의 미륵사지와 왕궁리 등에서도 발견되었으니 기단의 적극적 사용을 통해 더 크고 웅장한 건물을 짓는 일이 갈수록 잦아졌음을 알 수 있다. 그리고 이런 자신감은 아예 주위의 많은 돌을 이용하여 석탑을 만드는 것까지 이어졌고, 그 도전의 첫 결과물이 미륵사지 석탑이었던 것이다. 이런 과정을 이해하고 이 탑을 보면 당시 백제인들이 자신들의 기술력에 대한 자부심이 어느 정도 높았는지가 절로 느껴진다.

이렇듯 미륵사지 석탑까지 보았고 이제 왕궁리 유적지로 가야겠다. 참고로 더 자세한 미륵사의 이야기를 더 알고 싶다면 유네스코에 백제 문화가 등록된 이후 2019년, 국립박물관으로 승격된 국립익산박물관을 방문하여 정보를 취합해보도록 하자. 가장 최근에 만들어진 국립박물관인지라 규모는 작아도 시설부터 전시 모습까지 모두 세련된 모습으로 반겨주고 있다.

왕궁리 유적의 신묘한 이야기

무왕의 또 다른 전설

    버스를 기다려본다. 그러나 이번에는 미륵사지를 구경하면서 시간 틈틈이 버스 출발 시간을 스마트폰으로 체크하고 있었기 때문에 버스 도착 10분 전부터 정류장에 서 있었다. 이곳은 한 번 놓치면 골치 아픈 일이 생기니 어쩔 수 없군. 이윽고 도착한 버스를 타고 목표한 왕궁리 유적지로 달린다. 15분여를 달리니 도착이다. 버스에서 내려 조금 걸어가다보면, 이제 왕궁리 유적이 시작된다. 다만 유적지 안으로 들어왔어도 왕궁리 유적의 꽃인 5층 석탑은 남쪽으로 더 걸어가야 있으니 좀 더 움직이자. 미륵사지 정도는 아니어도 꽤 넓은 곳이다.

이쯤해서 새로운 사료를 들고 와볼까.

百濟武廣王 遷都枳慕蜜地 新營精舍

백제 무광왕(무왕)께서 지모밀지(금마 = 익산)로 천도하시어 새로이 정사를 경영하셨다.

以貞觀十三年歲次 己亥冬十一月 天大雷雨 遂災 帝釋精舍 佛堂 七級浮圖 乃至廊房 一皆燒盡

정관 13년(639년) 기해 겨울 11월, 하늘에서 크게 천둥과 함께 비가 내려 드디어 재해가 있었는데, 제석사와 불당 부도와 회랑과 승방이 모두 불타버렸다.

塔下礎石中 有種種七寶 亦有佛舍利水精瓶 又以銅作紙 寫金剛波若經 貯以木漆函

탑 아래의 초석 안에는 여러 칠보가 있고 또한 불사리와 채색한 수정병, 또 동으로 만든 판에 사경한 금강파야경과 그것을 담은 목칠함이 있었다.

發礎石開視 悉皆燒盡 唯佛舍利瓶 與波若經漆函 如故

초석을 들추어 열어보니, 모두 다 불타 없어지고, 오직 불사리병과 금강파야경의 목칠함만이 옛날과 같이 있었다.

水精瓶 內外徹見 盖亦不動 而舍利悉無 不知所出

사리장엄구. © Hwang Yoon

수정병은 안과 밖이 훤히 보이고 뚜껑은 역시
움직이지 않았으나, 사리는 모두 없어졌고 어디로
나갔는지 알지 못했다.

將瓶以歸大王 大王請法師發卽懺悔 開瓶視之 佛
舍利六箇 俱在處內瓶

그리하여 사리병을 대왕에게 가지고 오니, 대왕
께서는 법사를 청하여 참회하고서, 병을 열어 안을
보니, 불사리 6개가 모두 병 속에 자리잡고 있었다.

自外視之 六箇悉見 於是 大王及諸宮人 倍加敬
信 發卽供養 更造寺貯焉

　병 밖에서도 그것을 보니 6개 사리가 모두 보이
므로, 이에 대왕 및 여러 궁인들은 삼가 믿는 마음
을 더욱 더하였고, 공양을 올리며 다시 절을 지어
그 속에 봉안하도록 하였다.

《관세음응험기(觀世音應驗記)》

　부여백제 시대를 기록한 《관세음응험기(觀世音
應驗記)》라는 중국 책이 있었다. 그러나 오랜 시일
이 지나 중국에서는 책이 사라졌고 그렇게 잊히고
말았는데, 1971년 일본 교토대학의 마키타 타이료
교수가 교토 청련원(靑蓮院)에서 《관세음응험기》를
발견하면서 다시금 부각되었다. 그런데 영험한 불
교 일화가 담긴 이 책 안에서 뜻하지 않게 백제 무왕
이야기가 존재했기 때문에 한국에서도 큰 관심을
보이게 되니, 바로 위의 이야기가 그 내용이다.

　정리하면 1. 무왕은 익산으로 천도하여 국가를
운영했고 2. 639년 제석사라는 절에 번개가 쳐서 화
재로 타서 사라졌으며 3. 초석 안에 보관해두었던
사리도 사라져 있었다. 4. 이에 왕이 승려를 불러 참
회하고 다시 사리병을 열어보니 사리 6개가 나타났
고, 5. 절을 지어 이를 봉안했다, 라는 내용이다.

그런데 고고학 조사 결과 이 이야기와 딱 맞아 떨어지는 상황이 만들어진다.

1. 1970년대 이후 익산 왕궁리 유적을 수차례 조사한 결과 이곳에서 궁으로 사용했던 흔적이 발견되었고, 2. 1993년 왕궁리에서 2km 떨어진 백제 사찰터에서 제석사라는 명문 기와가 발견되었으며 3. 1965년 왕궁리 5층 석탑을 해체 보수하는 동안 사리장엄구가 발견되었는데, 다름 아닌 사리병과 은제 도금금강경판이 나왔던 것이다. 사리장엄구는 현재 국보 123호로 지정되었다.

결국 《관세음응험기(觀世音應驗記)》 기록에 나온 3가지 즉 "익산의 왕궁, 제석사, 사리장엄구(사리병과 금강경)"가 고고학 조사로도 그대로 "왕궁리 유적, 제석사지, 사리장엄구(사리병과 금강경판)"로 연결되는 것이니 분명 연구할 가치가 있다 하겠다. 기묘한 이야기는 이 정도로 마치고 이제 탑에 도착했으니 탑을 보면서 이야기를 더 해볼까나. 드디어 대망의 백제 여행 마지막 장소라 하겠다.

왕궁리 5층 석탑, 국보 제 289호. © Hwang Yoon

백제 탑 안에 통일신라 불상이 어떻게 들어 있나

왕궁리 5층 석탑

저기 우뚝 서 있는 저 탑이 왕궁리 5층 석탑이다.
가까이 가니 남다른 위용이 느껴진다. 본래 높이가
8.5m인데, 조금 높은 기단 위에 탑이 자리잡고 있어
더욱 더 높은 키를 자랑하고 있다. 특히나 이 지역
에서 조금 높은 언덕 위치에 탑이 서 있기 때문에 저
아래에서 보면 홀로 우뚝 선 모습이다. 본래도 높은
데, 기단과 언덕이 더해지면서 더더욱 높은 탑의 위
용을 보인다는 의미이다.

탑을 가까이서 보니 참으로 굳센 느낌이 강하다.
8.33m로 비슷한 높이를 보이는 정림사지 5층 석탑
과 비교해보아도 오히려 이쪽이 훨씬 더 크고 웅장
한 분위기가 난다. 아침에 정림사지 5층 석탑을 보

고 그 감정을 여전히 지닌 채 보니 더욱 그런 것 같군. 아무래도 기단의 문제도 있겠지만 탑의 비례감과 몸통의 비율이 정림사지 5층 석탑과 다르기 때문에 나온 시각적 느낌일 것이다. 다만 나는 이 탑을 볼 때마다 묘하게 경주 감은사지 3층 석탑이 생각난다. 이상하게 비슷한 분위기가 나온다 이거지. 그럼 왜 그런지 더 살펴볼까?

왕궁리 5층 석탑은 우여곡절이 많았고 지금도 우여곡절 중이다. 그 우여곡절이란 언제 만들어진 탑인지에 대한 설이 많기 때문이다. 가장 처음 나온 이야기는 백제 석탑을 모방한 통일신라 후기 또는 고려 시대 탑이라는 것이었다. 이는 정림사지 5층 석탑에 비해 세련된 맛이 못하여 지방색 느낌이 드는 데다 탑의 아래 부분이 신라 탑과 무척 닮은 디자인이라 여겼기 때문이다. 이윽고 1965년, 석탑 보수를 통해 앞서 이야기한 사리장엄구가 발견되었고, 그와 함께 통일신라 불상 1구도 탑 안에서 등장하였다. 중요한 증거였다. 통일신라 불상이 탑 안에 있다니? 역시나 통일신라~고려 초에 만들어진 탑이구나. 이에 함께 나온 금으로 만든 화려한 사리함 역시 당대 백제 기술로는 무리였으며 통일신라 기술로 만든 작품이라고 당시 전문가는 평한다. 통일신라~고려 초 설이 탄탄하게 만들어지는 시기였다.

그러나 1971년,《관세음응험기》가 일본에서 발견되어 무왕의 전설이 한국에도 알려지게 되었고, 해당 기록에서 등장한 사리병과 금강경이 왕궁리 5층 석탑에서 나온 유물과 동일하다는 점에 의문을 표하는 이들이 생겨난다. 세월이 더 지나 미륵사지 석탑을 해체하는 과정 중 2009년, 심초석이 드러났는데, 미륵사 석탑의 심초석과 기단 모습에서 과거 조사 과정이 기억나는 사람들이 있었다. 바로 왕궁리 5층 석탑의 해체 보수 과정에 드러난 심초석과 기단의 모습이 일치하는 것이 아닌가? 그렇담 이 형식은 백제식이 틀림없었다. 뿐만 아니라 미륵사지에서 발견된 금동사리함의 표면 디자인과 왕궁리 사리함의 표면 디자인이 유사함을 넘어 거의 비슷하다는 것도 알게 된다. 즉 왕궁리 5층 석탑도 백제 탑이었던 것이다.

그렇다면 왜 통일신라 불상이 왕궁리 석탑 안에 있었던 것일까? 고려 초 혜거국사의 비문에 따르면 922년, "견훤이 미륵사에서 개탑(開塔)하였다."라는 기록이 있다. 견훤은 후백제를 세운 후 전주로 수도를 옮기면서 가까운 익산 지역을 옛 백제의 영토라 하여 매우 중시하였다. 이에 과거 백제의 기운이 가득 남아 있던 미륵사에서 개탑(開塔) 의식을 한 것인데, 이때 미륵사에 대한 대규모 보수 및 지원이 있었던 것으로 보인다. 그 수순에 역시나 백제 기운이 가득한 가까운 왕궁리 5층 석탑에 대해서도 당연히 견훤은 어떤 행동을 취했을 테고 그것이 통일신라 불상을 탑 안에 안치하는 것 아니었을까? 불상을 넣으려면 탑을 다시 해체해서 보수하는 과정이 반드시 필요할 테니 이를 통해 자신이 백제를 다시금 세우고 있음을 상징적으로 보여주는 것이다.

이처럼 여러 자료가 더 쌓이면서 최근에는 백제 탑으로 왕궁리 석탑을 보는 이가 크게 늘어났다. 물론 통일신라~고려 초 주장도 약해졌지만 여전하기는 하다. 마침 국립익산박물관이 개관하며 튼실한 박물관 도록이 나왔는데, 여기에 관련 내용이 잘 나와 있다. 앞으로 어떻게 전개될지 흥미진진하네. 다만 고고학의 결론은 쌓이는 정보와 새로운 발굴로 기존의 탄탄한 주장도 언제든 바뀔 수 있다는 사실. 이것이 학문의 무섭고도 재미있는 점이다. 나 역시 백제 탑이라 생각하고 있으니 여기서는 왕궁리 역시 백제 탑이라 여기고 다음 질문으로 넘어 가보자. 앞서 미륵사지 석탑 이후 석탑이 발전했다고 했는데, 그 다음 차례 즉 정림사지와 왕궁리, 둘 중 누가 더 빨리 만들어진 것일까? 우선 사실 단계부터 따져보자.

《관세음응험기》에 따르면 무왕이 세운 제석사가 불탄 후 사리함과 금강경을 다시금 봉안했는데, 절을 고쳐 다시 지어 봉안했다고 한다. 이때가 639년이다. 한편 미륵사는 이때 한창 공사 중이었으니, 639년은 미륵사 석탑이 만들어진 때이기도 하다. 그리고 무왕은 이 일이 생긴 후 불과 2년 뒤인 641년에 승하하였다. 그런데 왕궁리에서 2km 떨어진 제석사지에 가면 목탑 부지와 더불어 1탑 1가람의 백제식 사찰터가 여전히 남아 있으며 마찬가지로 왕궁리 석탑 자리도 조사 결과 본래 석탑 이전에는 목탑이 있었다고 한다. 여기까지의 사실을 바탕으로 상상력을 더해 그려보자.

무왕은 즉위 후 신라에 대한 맹공을 퍼부었고 특히 가야 지역에 대한 큰 관심을 가진 것으로 보인다. 이에 부여에서 먼 익산을 경영하며 가야로 들어가는 입구를 탄탄히 작업하였는데, 이를 위해 왕이 직접 거동할 때 지낼 이궁(離宮)까지 건설하였으니, 그것이 왕궁리 유적지다. 그리고 왕궁리 옆에는 사찰을 세워 궁을 부처의 힘으로 보호하는 역할을 맡겼으니 이것이 제석사였다. 그러나 제석사는 어느 날 번개를 맞고 모두 불타 사라졌고 마침 미륵사에서는 석탑을 올리고 있었다. 이에 무왕은 번개를 맞아도 목탑에 비해 훨씬 잘 버틸 수 있는 석탑으로 아예 바꾸어 지은 뒤 그 아래에다 중요하게 여긴 사리를 보존하기로 마음먹는다. 다만 제석사는 왠지 운이 없다는 느낌이 들어 이궁으로 만들어두었던 왕궁리에 한창 제작 중이던 목탑을 제거하고 대신 석탑을 만들도록 한다. 당시 왕궁리는 즉위 40년이 다 되어 어느덧 나이가 든 무왕의 방문이 뜸해지면서 한창 사찰로 바꾸는 과정 중이었다. 이에 무왕의 궁궐이 아닌 새로운 임무가 부여되었으니 그것은 사리를 보관하며 무왕의 원찰이 되어 사후의 왕을 보호하는 일이었다. 지시를 내리고 얼마 뒤 무왕은 승하하였고 그의 능을 지킬 원찰은 원하는 대로 왕궁리가 된다.

대충 이렇게 구성해보았다. 이렇게 본다면 왕궁리 5층 석탑의 육중하고 권위 있는 탑의 디자인 역시 미륵사 목탑과 석탑 영향 아래 만들어진 모습이라 여겨진다. 참고로 번개를 맞고 사라진 제석사 역시 남아 있는 목탑 터로 추정컨대 7층 목탑이 있었던 것으로 보고 있다. 한마디로 거대 탑 중심의 익산이었던 것이다. 이후 어느 시기쯤 부여에서도 번개 또는 화재로 정림사지 목탑이 사라지는 사건이 생기자 의자왕은 아버지의 예를 보아 석탑을 건설하도록 했으니, 그 결과가 정림사지 5층 석탑이며 이때 디자인은 날씬하고 귀티 나는 부여 쪽 목탑을 바탕으로 했기에 세련된 석탑 모습으로 만들어진다. 이렇게 나의 결론은 미륵사지 석탑 –> 왕궁리 5층 석탑 –> 정림사지 5층 석탑 순서로 마무리 지었다.

다만 나의 주장일 뿐이니 깊게 받아들이지는 말자.

이제 마지막으로 돌아와서 경주 감은사지 3층 석탑과 왕궁리 5층 석탑을 비슷하게 느꼈던 이유를 이야기해보자. 지금까지 보았듯이 목탑을 모델로 삼는 것을 넘어 돌이라는 재료의 특성을 더 고민해 만든 첫 창작품이 왕궁리 5층 석탑이며, 역시나 신라 3층 석탑의 시원으로서 첫 창작품이 감은사지 3층 석탑이다. 이에 탑에서 비슷한 감정을 느끼는 것 같다. 첫째가 지닌 독창적이면서도 아직 다듬어지지 않은 미감이랄까? 두 곳 다 그 느낌이 강하게 남아있다. 그리고 다듬어지지 않은 대신 장쾌한 느낌의 탑은 세월이 지나 귀족적인 미감의 동생을 탄생시켰으니 그것이 각각 정림사지 5층 석탑과 불국사 석가탑이 아닐까?

그래, 오늘은 이 정도로 정리하고 이제 시계를 보니 오후 5시가 가까워지네. 스마트 폰으로 정보를 보니 버스가 곧 온다고 한다. 어서 이곳 버스 정류장에서 시내버스를 타고 익산역으로 가면 어찌 되었든 오늘 안에 서울이든 수원으로 돌아갈 수 있겠지. 먼 안양에 있는 집으로 가야 하니까 저녁은 익산역 주변에서 대충 먹어야겠다. 다음에는 제발 좀 여유 있는 여행을 즐기도록 하자. 그럼 5층 탑아! 다음에 또 보자.

백제는 우리에게 어떤 나라였을까

일본 나라에 가면 호류지(法隆寺)라는 절이 있다. 사찰은 백제식 1탑 1가람을 일본 형태로 받아들인 모습이며, 각 건축물들은 현존하는 세계에서 가장 오래된 목조 건물로도 유명하다. 특히 5층 목탑은 "백제가 만든 탑이 이런 모습이겠지."라는 이미지로서 한국에서도 큰 유명세를 얻고 있다. 다만 607년 만들어진 호류지는 670년, 화재로 완전히 사라졌고 지금의 모습은 711년 다시 재건한 것으로 알려져 있다. 그러니 정확히는 8세기 초반 건축물이라 하겠다.

반면 백제의 목탑은 남은 것 없이 몽땅 사라졌지만 미륵사지 석탑과 정림사지 5층 석탑은 이견 없이 분명한 7세기 건축물이다. 어쨌든 남아 있는 탑의 모습을 볼 때 여전히 백제가 일본보다 더 빠른 예시가 있는 것이 아닌가? 나름 유적에 있어서도 국가 제도 정립 때부터 시작된 100여 년에 가까운 백제와 일본 격차를 여전히 유지하고 있는 것이다. 그럼에도 일본 나라의 아스카 문화에 비해 세계적으로는 덜 알려져 있는 백제 문화가 좀 아쉽게 여겨지는 찰라, 2015년 백제 유적지가 유네스코에 등록되면서 이제야 백제를 세계에 제대로 알릴 수 있는 기회가 생긴 것을 다행이라 생각한다.

이쯤 되어 다시 생각해본다. 백제는 우리에게 어떤 나라였을까?

한반도 국가의 뿌리 중 하나인 부여에서 시작됨을 자랑으로 여겼던 나라, 한반도 중심에 위치한 한강의 중요성을 가장 먼저 알려준 나라, 선진국으로부터 문화를 받아 주변국으로 연결하는 중개 시스템의 중요성을 보여준 나라 등 한국에 남겨진 그들의 영향력은 여전하다. 어쩌다 보니 지금의 대한민국도 백제의 모습을 많이 따라가고 있기 때문이다.

그러나 한편으로는 백제가 멸망한 후 백성 대부분은 신라로 편입되었으나 왕족의 상당수는 중국으로, 그리고 일부의 왕족과 귀족은 일본으로 건너갔으니 의도하지 않았겠으나 백제의 흔적은 세계에

골고루 퍼지게 되었다. 그들이 추구했던 국가 모습을 최후의 순간까지 실천했다고나 할까? 이처럼 세계 속 이미지라는 부분에 있어 지금까지의 한반도 어떤 국가들보다 민감하게 고민하고 행동했던 나라가 백제였던 것이다. 신라와 일본에 남은 백제인 이야기는 널리 알려져 있으니, 여기서는 중국으로 이주한 백제 유민의 이야기를 소개하겠다.

2004년 당나라 수도였던 중국 서안(西安)에서 부여태비(扶餘太妃)의 무덤이 발견되었다. 묘지석에 의하면 그는 의자왕의 증손녀였으며 남편은 당나라 황제의 증손자 이옹(李邕)이었으니, 이는 곧 백제 왕실의 여자와 중국 황실의 남자가 결혼했음을 의미했다. 그만큼 백제 왕실이 당나라에서도 좋은 대접을 받았다는 의미로, 남편이 왕에 봉해졌기에 백제 후손에게도 부여태비라는 왕비의 명칭이 부여된 것이다. 그런데 이런 대접은 그냥 부여된 것이 아니었다. 백제인들은 660년 백제 멸망 이후 당나라에 의해 대거 강제 이주된 중국에서도 끈질기게 살아남으며 자신의 가치를 높여왔기 때문이다.

680년 토번과의 전쟁에서 당나라 군대를 이끌고 승리한 흑치상지 등 중국으로 이주한 1세대 백제인부터 시작하여, 그 뒤로도 백제 후손은 몇 세대를 거치면서 성공한 인재를 꾸준히 배출해낸다. 그런 결과로 당나라 내 백제 유민들을 통솔하던 의자왕의 후손들 역시 대방군왕(帶方郡王)으로 봉해져 나름 망국의 유산이 아닌 제대로 된 왕으로 대접을 받았으니, 중국인으로서 정체성이 확고해지는 어느 시기까지 백제인의 가치를 지키며 활동했음을 알 수 있다.

이러한 백제 후손들의 모습을 보면 일제 강점기 시절부터 가난했던 근현대까지 미국과 중국, 일본, 러시아 등으로 자의 반 타의 반 이민을 선택한 한국인들이 생각난다. 이들 역시 힘들게 버티면서도 성공을 위한 뜨거운 교육열을 통해 자식들, 손자들 시대부터는 사회 주류층으로 성장시켰으니까. 그리고 어느새 한국인들은 각국에서 성공한 이미지를 갖추고 있는 중이다. 한반도의 근현대 그 어려웠던 과정을 1400여 년 전 백제가 먼저 보여줬던 것이다.

이처럼 백제라는 국가는 단편적으로 한국에 존재하는 내용만으로는 그려낼 수는 없으며 이에 일본과 중국에 남겨진 기록과 유적을 합쳐서 세계 속 백제를 복원하는 일이 중요한 일이라 생각된다. 그 시작은 당연히 백제의 뿌리가 있었던 한반도에서 시작되어야겠지. 한반도 안 백제부터 우리는 모르는 것이 많으니까. 이 책이 소개하는 백제는 그 나라의 일부 모습에 불과하지만, 그럼에도 백제를 이해하고 그들이 남긴 유적지를 좀 더 쉽게 다가갈 수 있는 기회로 이어진다면 좋겠다. 단지 그것만이 이 책의 작은 목적이다.

참고문헌

가야 백제와 만나다, 한성백제박물관(2017)

고구려와 한강, 한성백제박물관(2020)

국립부여박물관, 국립부여박물관(2014)

국립익산박물관, 국립익산박물관(2020)

무령왕릉을 격물하다, 국립공주박물관(2011)

백제 마한과 하나 되다, 한성백제박물관(2013)

백제사회사상사, 노중국, 지식산업사(2010)

백제 웅진기 외교 관계와 인식, 한성백제박물관(2019)

백제의 관, 국립공주박물관(2011)

백제의 대외 교섭과 교류, 노중국, 지식산업사(2012)

백제의 왕궁, 한성백제박물관(2014)

백제의 집, 한성백제박물관(2018)

백제 인물 열전, 한성백제박물관(2013)

백제정치사, 노중국, 일조각(2018)

백제 초기 고분의 기원, 고구려 부여 고분 자료집, 한성백제 박물관(2017)

삼국사기, 김부식

삼국유사, 일연

온조 서울의 역사를 열다, 한성백제박물관(2013)

일본의 고훈 문화, 국립경주박물관(2015)

풍납토성 건국의 기틀을 다지다, 한성백제박물관(2015)

찾아보기

1탑 1가람 143, 144, 215, 247

3탑 3가람 215

가야 135, 159, 160, 162, 186

감해비리국 112

개로왕 91, 92, 136

개탑 241

검은간토기 68

게이타이 덴노 37, 136

견훤 217, 241

겸익 146

경당역사문화공원 28

계백 169

고구려 44, 51, 80, 92, 96, 102, 134, 135, 159, 160

고국원왕 80

고란사 203

고창 봉덕리 72

고흥 38, 41

공산성 121, 149, 151

공손도 42, 43

공주 수촌리 110, 137

관북리 유적 154, 155, 156

관세음응험기 236, 237, 241, 242

광개토대왕 80, 81, 82

구태 42

국립공주박물관 129, 130, 137

국립부여박물관 157, 163

국립익산박물관 232

굴식돌방무덤 87, 88, 89, 100

그릇받침토기 40, 41

근초고왕 27, 35, 36, 38, 41, 44, 63, 79, 80, 102

금관 69, 70

금동관 69, 70, 71, 81, 111

금동신발 69, 71, 72, 73, 74, 81, 111

기와 30, 33, 120, 143, 146, 154, 155, 160, 187

김유신 169

나제동맹 73, 159

낙랑 27, 43, 44, 61, 62, 79,

186

낙랑 태수 44

남조 127, 135, 145, 160

능산리 고분 168, 169, 190, 202

능산리사지 178, 179, 180

대당평백제국비명 191

대방 42, 43, 44, 45, 61, 62, 79

대방군공, 대방군왕 45, 250

대통사 142, 143, 144, 192, 195

돌무지무덤 100

동명왕묘 28

동성왕 127, 128

매지권 137

목탑 146, 160, 168, 187, 192, 196, 202, 226, 231

몽촌역사관 54

몽촌토성 20, 50, 51, 54, 66

무령왕 113, 130, 134, 136, 145, 159

무령왕릉 117, 118, 119, 132, 136

무왕 212, 214, 215, 216, 217, 234, 242, 243

문주왕 125, 126

미륵사 215, 217, 241, 243

미륵사지 216, 219

미륵사지 석탑 190, 224,

225, 226, 230, 243

방이동 고분 83, 86, 87, 88

백 씨 112, 128

백제금동대향로 72, 164, 168, 169

백제문화단지 34, 201, 202

부소산성 203

부여 62, 102, 158

부여 쌍북리 요지 183, 184, 185

부여태비 249

사리 179, 180

삼근왕 127

서기 38

서동요 212, 218

석촌동 고분군 15, 95, 97, 103

석탑 192, 196, 226, 231, 232

선화공주 213, 217, 218

성왕 137, 145, 146, 147, 158, 159, 160, 161, 162, 169

소정방 191

송산리 고분군 113, 117, 118

쇼토쿠 태자 185, 188

스이코 여왕 187

식리총 72, 73

신라 86, 91, 92, 96, 132, 159, 160, 161

쌍릉 213, 214
아라가야 160
아스카 시대 185
아스카데라 187
아신왕 54, 81
아좌태자 185
아직기 41
야마토부꼬 30
와적기단 155
왕궁리 5층 석탑 239, 241, 242, 244
왕궁리 유적 233
왕인 41
왕흥사지 178, 179, 180
위덕왕 168, 169, 178, 181, 185
위서 동이전 25
의자왕 191, 192, 197
일본산 금송 133
장수왕 93
전륜성왕 146
정림사지 179, 182, 190, 195, 196
정림사지 5층 석탑 178, 179, 182, 190, 196, 197, 230, 239, 240
정림사지박물관 200
정지산 유적 120, 121
정창원 33

제석사 236, 237, 243
주춧돌 31, 33, 154, 155, 156, 160, 187, 224
중국도자기 63, 132
진묘수 131, 132
진평왕 213, 217
차도구 66
창왕명석조사리함 168
책계왕 43
청동기 17, 111, 132, 231
청자 63, 64, 65, 66, 67, 72
층급 받침 230
칠지도 36, 185
침미다례 36
판교 박물관 89
판축기법 59
풍납백제문화공원 31
풍납토성 17, 20, 21, 23, 25, 26~ 28, 31, 57, 59, 66, 92, 133, 149, 154
한강 92, 93, 96, 134, 135, 159, 160, 161, 188
한성백제박물관 56, 75
해 씨 126
호류지 247

일상이 고고학 나 혼자 백제 여행

1판 1쇄 발행 2020년 8월 15일
1판 2쇄 발행 2020년 12월 1일
2판 1쇄 발행 2021년 5월 19일
2판 3쇄 발행 2023년 11월 21일

지은이 황윤
펴낸이 김현정
펴낸곳 책읽는고양이 / 도서출판리수

등록 제4-389호.(2000년 1월 13일)
주소 서울시 성동구 행당로 76 110호
전화 2299-3703
팩스 2282-3152
홈페이지 www.risu.co.kr
이메일 risubook@hanmail.net

ⓒ 2020, 황윤
ISBN 979-11-86274-62-0 03810

※ 책값은 뒤표지에 있습니다.
※ 잘못 제본된 책은 바꾸어 드립니다.